SV

Hans-Ulrich Treichel

Anatolin

Roman

Suhrkamp Verlag

© Suhrkamp Verlag Frankfurt am Main 2008
Alle Rechte vorbehalten, insbesondere das der Übersetzung,
des öffentlichen Vortrags sowie der Übertragung durch
Rundfunk und Fernsehen, auch einzelner Teile.
Kein Teil des Werkes darf in irgendeiner Form
(durch Fotografie, Mikrofilm oder andere Verfahren)
ohne schriftliche Genehmigung des Verlages reproduziert
oder unter Verwendung elektronischer Systeme
verarbeitet, vervielfältigt oder verbreitet werden.
Druck: CPI – Ebner & Spiegel, Ulm
Printed in Germany
Erste Auflage 2008
ISBN 978-3-518-41959-5

1 2 3 4 5 6 – 13 12 11 10 09 08

Anatolin

Abfahrt Berlin Hauptbahnhof 12.37 Uhr. Ankunft Kutno 17.07 Uhr. Der Berlin-Warszawa-Expreß war reservierungspflichtig. Ich hatte einen Platz an der Abteiltür reserviert, da ich sowohl im Flugzeug als auch in der Bahn zu Beklemmungen neige, wenn ich nicht am Gang beziehungsweise an der Abteiltür sitze. Neben mir war zudem frei, so daß ich mich auf eine entspannte Reise freuen konnte. Mir gegenüber saß eine ältere, ganz in Schwarz gekleidete Dame und daneben ein junges, unübersehbar verliebtes Pärchen. Der junge Mann mit seinem strohig-blonden Haar, den vollen Lippen und melancholischen Augen gefiel mir. Und das Mädchen, das eine sehr tief sitzende Jeans, eine viel zu kurze Bluse und eine Perle im Bauchnabel trug, ebenfalls. Die beiden redeten unentwegt miteinander, allerdings auf polnisch, was ich schade fand, ich hätte sie gern ein wenig belauscht. Und wenn sie nicht redeten, dann küßten sie sich, was weder die ältere Dame noch mich störte. Im Gegenteil. Wäre ich der junge Mann gewesen, dann hätte ich das Mädchen auch geküßt. Ich fand es sehr anziehend, zumal sie mich beim Küssen einige Male durch den Vorhang ihrer brünetten Haare unverhohlen anschaute und anscheinend nichts dagegen hatte, daß ich den beiden bei ihren Zärtlichkeiten zusah.

Ich bemühte mich trotzdem, mich auf meine eigenen Angelegenheiten zu konzentrieren, und blätterte zuerst im Fahrplanheft, holte dann meine Lektüre aus der Tasche und breitete sie auf dem Sitz neben mir aus. Der Zug fuhr laut Plan über Frankfurt/Oder, Rzepin, Poznan und Konin nach Kutno. Konin kannte ich aus den Papieren meiner Eltern. Hier hatten sie im Januar 1945 ihr erstes Kind Günter auf der Flucht vor den Russen zurücklassen müssen, waren danach in einen Wald geflüchtet und schließlich für ein Jahr in einem polnischen Arbeitslager interniert worden. Sie hatten ihren verlorenen Sohn trotz jahre- und jahrzehntelanger Suche mit Hilfe des Suchdienstes des Roten Kreuzes niemals wiedergefunden. Ich hatte darüber vor gut einem Jahrzehnt ein Buch geschrieben. Einige Jahre später habe ich ein Buch über einen Mann namens Stephan geschrieben, der als Akademischer Rat in Berlin lebt, ein Buch über seinen verlorenen Bruder geschrieben hat und sich noch einmal, sechzig Jahre nach Kriegsende, auf die Suche nach dem Bruder begibt. Bald darauf habe ich es ihm nachgetan und mich auch selbst auf die Suche nach meinem Bruder gemacht. Die Suche habe ich inzwischen hinter mir.

Stephan hatte sich außerdem vorgenommen, einen Ort namens Bryschtsche oder auch Bryszcze in der Ukraine zu besuchen, wo sein Vater geboren worden war. Er hatte den Ort dann doch nicht besucht und war lieber nach Ägypten gereist, um sich die Pyramiden anzuschauen, Freuds *Traumdeutung* zu lesen und sich in einem Hotel auf einer Nilinsel unweit von Luxor auf eine Affäre mit einer deutschen Archäologin einzulassen. Er hat recht daran getan, denn was hätte ihn in der Ukraine schon erwartet? Ein verschlafenes Bauerndorf, wenn überhaupt. Vielleicht existierte es schon längst nicht mehr und war irgendwelchen Plattenbausiedlungen gewichen. Stephan ist nicht nach Bryschtsche gereist. Ich wollte es besser machen. Die Reise habe ich inzwischen ebenfalls hinter mir.

Ich bin wahrhaftig in Bryschtsche gewesen, worüber ich mich noch immer ein wenig wundere. Denn Bryschtsche war für mich kein wirklicher Ort, den man einfach so mit dem Auto oder dem Bus aufsuchen konnte. Bryschtsche war für mich immer nur dieser fremde, unaussprechliche Name, hinter dem sich die mir zeitlebens ebenso fremde Person meines Vaters verbarg. Bryschtsche, das war der Osten. Und mein Vater war ein Mensch aus dem Osten, der zuweilen zur Hundeleine griff, um seine Söhne zu besseren Menschen zu erziehen.

Ich bin zwar nach Bryschtsche gereist, aber die Person meines Vaters ist mir dort nicht vertrauter geworden. Das wußte ich natürlich vorher, aber ich wollte trotzdem hinfahren. Wahrscheinlich eine Alterserscheinung, diese Reisen in die Geburtsorte der Eltern, denn nichts liegt mir im Grunde so fern wie Familien- oder Stammbaumforschung. Wenn man seinen Stammbaum nur weit genug verfolgt, ist man schließlich mit der halben Menschheit verwandt. Um zu wissen, daß ich von Adam und Eva beziehungsweise dem Sahelanthropus tchadensis oder sonst einem afrikanischen Vorläufer abstamme, brauche ich keine Stammbaumforschung zu betreiben. Trotzdem stelle ich fest, daß es mich beruhigte, nach Bryschtsche gefahren zu sein. Ich hatte eine Bryschtsche-Lücke, die mit den Jahren beständig größer geworden war und die ich nun geschlossen habe. Früher einmal hatte es mich beruhigt, in die Toskana gefahren zu sein. Ich hatte offenbar eine Toskana-Lücke, die durch eine Reise in die Toskana geschlossen werden mußte. Später hatte ich auch eine Provence- und Andalusien-Lücke, die ich irgendwann ebenfalls geschlossen habe. Jetzt beruhigte es mich, daß ich in ein wolhynisches Bauerndorf im Nordwesten der Ukraine gefahren war. Und daß ich nun im Zug nach Kutno saß, um den Geburtsort meiner Mutter aufzusuchen, beruhigte mich auch.

Bryschtsche lag an der Verbindungsstraße zwischen Luzk und Roshischtsche beziehungsweise Rozyszcze. Ich hatte die Reise allerdings so geplant, daß ich nicht darauf angewiesen war, in Luzk oder in Roshischtsche zu wohnen. Das stellte ich mir ziemlich trostlos vor. Statt dessen bin ich nach Lemberg gefahren, das auf ukrainisch Lviv und auf russisch Lvov heißt. Lemberg war neben Kiew der einzige Ort in der Ukraine, von dem es einen eigenen Reiseführer gab, was schon für sich genommen ein Indiz dafür war, ein Lemberg-Besuch könne sich lohnen. Abgesehen davon, daß seit einiger Zeit des öfteren Zeitungsartikel über Lemberg erschienen waren und die Stadt sich offenbar zu einem neuen Reiseziel entwickelte. Wer früher nach Krakau fuhr, der fuhr jetzt nach Lemberg.

In Lemberg war ich, was sonst nicht meine Art ist, erst einmal im Grandhotel abgestiegen. Ich wollte nichts riskieren – was immer man in der Ukraine riskieren konnte. Allerdings schläft man schlecht im Lemberger Grandhotel. Die Betten sind so hart, daß man glaubt, man habe auf dem Pflaster des Prospekt Svobody geschlafen, an dem das Grandhotel sich befindet.

Nach nur einer Nacht im Grandhotel bin ich ins Hotel Leopolis umgezogen, das genauso teuer wie das Grandhotel ist, aber bessere Betten hat. Außerdem befindet es sich in einem gerade erst renovierten palaisähnlichen Gebäude und nur wenige Meter vom Rynok genannten Marktplatz entfernt, der wahrscheinlich zu den schönsten Plätzen Europas gehört.

Über ein auf die Ukraine spezialisiertes Reisebüro in Berlin hatte ich die Telefonnummer einer Professorin bekommen, die mir wiederum einen Fahrer mit Wagen und einen Dolmetscher für die Fahrt nach Bryschtsche besorgen würde. Laut Auskunft des Reisebürobesitzers würde mir die Professorin einen Germanistikstudenten vermitteln, der mich begleiten und mir als Dolmetscher zur Verfügung stehen werde. Ich rief die Professorin an, und sie meinte, ich solle vorbeikommen, am besten sofort, da sie gerade Zeit habe, vom Hotel Leopolis bis zu ihrer Universität unterhalb des Schloßberges brauche man zu Fuß nur zwanzig oder dreißig Minuten. Sie nannte mir die Adresse, und ich machte mich auf den Weg.

In Lemberg kann man sich im Grunde nicht verlaufen, wenn man sich an den Schloßberg hält, der von beinahe jedem Punkt der Stadt aus zu sehen ist. Die Straße, in der die Universität sein sollte, fand ich ohne Probleme. Aber die Universität fand ich nicht. Es gab keine Universität, es gab nur ein ziemlich schäbiges Haus mit einem

Schild neben der Eingangstür, das auf ein Spracheninstitut hinwies. Nachdem ich eingetreten war, empfing mich der Portier, der hinter einem Verschlag auf einer Liege gelegen hatte und ein wenig an Kafkas Gregor Samsa erinnerte – nach dessen Verwandlung in einen Mistkäfer. Wie einen überhaupt das ganze Haus an Kafka-Welten denken ließ. Der Mann, der unrasiert und ungekämmt war, dafür aber eine Fliege sowie eine offenbar selbstgestrickte Wollweste trug, die er wiederum in seine Hose gesteckt hatte, sprach kein Deutsch, was ich ja auch nicht verlangen konnte. Der Mann begriff nicht, was ich wollte, und baute sich so vor mir auf, daß ich keinen weiteren Schritt in das Gebäude hinein hätte machen können.

Zum Glück erschien bald eine blonde Dame, die ein paar Worte mit dem Portier wechselte, der mich schließlich passieren ließ, so daß ich der Dame in den ersten Stock folgen konnte. Die Dame war eine Mitarbeiterin der Professorin, und letztere erwartete mich bereits. Das heißt, insgesamt erwarteten mich drei Damen mittleren Alters, und auch die vierte setzte sich dazu. Wir saßen allesamt um den Schreibtisch der Professorin herum in einem renovierungsbedürftigen Büro, dessen Fenster mit einer Jalousie verhängt war. Der Blick nach draußen war wahrscheinlich zu deprimierend, denn auch bei meinem zweiten Besuch in einem anderen Büro dieses Instituts sah ich nur verhängte Fenster. Die Dame hinter dem Schreibtisch begrüßte mich mit großer Chefinnengeste und stellte sich auch gleich als Direktorin des Hauses vor, bei dem es sich, wie sie mir erklärte, um eine Privatuniversität handelte. Ich gab mich damit zufrieden, es ging mich ja auch nichts an, ich wollte nur einen Fahrer und einen Dolmetscher, besagten Germanistikstudenten. Es hätte auch eine Germanistikstudentin sein dürfen, aber das sagte ich nicht. Die Professorin schlug darauf vor, daß eine der anwesenden Damen, die Jelena hieß und hier als Deutschdozentin tätig war, mich nach Bryschtsche begleiten würde. Als ich erwiderte, daß ich auch sehr gern mit einem Studenten reisen würde, meinte sie, daß wegen der Ferien keine Studenten in der Stadt seien, was ich ihr aber nicht recht glaubte. Offenbar wollte sie ihrer Kollegin einen Job verschaffen. Außerdem würde ihre Kollegin auch eine Stadtbesichtigung mit mir machen, falls ich dies wünschte. Ich hatte keine Lust auf eine Stadtbesichtigung mit Jelena, mein Lemberg-Führer hatte mir bereits beste Dienste geleistet. Andererseits war die Besichtigung ein guter Test, ob ich es mit der Frau überhaupt einen ganzen Tag lang aushalten würde. Lemberg war geradezu überlaufen von hinreißend schönen jungen Frauen, diese vier postsozialistischen Matronen aber gefielen mir überhaupt nicht. Ich stimmte trotzdem einer zweistündigen Stadtführung zu, bestand aber darauf, daß diese Führung sofort stattfinden müsse, unmittelbar nach unserer Besprechung, worauf die Professorin sagte: »Kein Problem.«

Dann sprach sie etwas, das wie »Avanz« oder »Avance« klang und offenbar Vorschuß bedeutete. Ich gab ihr einen Fünfzig-Euro-Schein, den sie ohne jeden Kommentar einstrich. Nun war noch die Sache mit dem Fahrer und Dolmetscher zu klären. Ebenfalls kein Problem, meinte sie, sie kenne da jemanden, der zwar kein Deutsch, aber Englisch spreche. Und natürlich Russisch und Ukrainisch. Allerdings habe er kein Auto. Das müsse ich besorgen. Ich hatte aber auch kein Auto. Ich hatte noch nicht mal einen Führerschein. Also verzichtete ich auf den Fahrer und nahm mir vor, über das Hotel einen Fahrer mit Wagen zu mieten. Auch wollte ich die Reise nicht mit einem Bekannten der Professorin unternehmen, zumal sich bei der anschließenden Stadtführung herausstellte, daß Jelena keinen blassen Schimmer von Lembergs Sehenswürdigkeiten hatte, von der Stadtgeschichte und der Tatsache, daß ein Drittel der Lemberger Bevölkerung einmal jüdisch war, ganz zu schweigen.

Jelena lebte noch nicht lange in Lemberg, sondern kam aus einem Ort namens Ivano-Frankivsk, der, wie ich wußte, nach dem ukrainischen Nationaldichter Ivan Franko benannt worden war. Ivano-Frankivsk wiederum hatte vor der Umbenennung Stanislaviv geheißen, was ich aber nicht wußte. Ich wußte allerdings, daß Ivan Franko ein Buch mit dem Titel *Als die Tiere noch sprechen konnten* geschrieben hatte, welches auch ins Deutsche übersetzt worden war. Das hatte ich allerdings zwei Tage vor meiner Begegnung mit Jelena noch nicht gewußt, denn ich hatte das Buch und seine

deutsche Übersetzung in einer Ausstellungsvitri-
ne im Lemberger Ivan-Franko-Haus gesehen, das
ich einen Tag zuvor besichtigt hatte und das direkt neben dem Wohnhaus von Mychajlo Hru-
schewskyj lag, der ein bedeutender ukrainischer
Historiker und Politiker gewesen war und von
dem ich bis zu diesem Tag auch noch nie etwas
gehört hatte.

Bei den Lemberger Kirchen war ich Jelena dank
meines Lemberg-Buches weit überlegen und bei
den Häusern am Rynok ebenfalls: Schließlich war
in meinem Reiseführer jedes der vierundvierzig
Bürger- und Patrizierhäuser, die den Platz säum-
ten, einzeln beschrieben, und ich hätte der Frau
eine perfekte Besichtigung des Lemberger Markt-
platzes bieten können. Hätte sie mich beispielsweise nach dem Haus mit der Nummer 2 an der
Nordostecke des Platzes gefragt, dann hätte ich
ihr ohne Umstände geantwortet, es handele sich
um das Bandinelli-Haus, das Ende des 16. Jahrhunderts für den Kaufmann und ersten Lemberger Apotheker Hieronim Wendel im italienischen
Renaissancestil errichtet worden war. Und daß
das Haus im 17. Jahrhundert in den Besitz des

Italieners Roberto Bandinelli kam, eines Enkels des Bildhauers Bartolommeo Brandini, der auch Baccio Bandinelli genannt wurde und der der Sohn des Goldschmieds Michelangelo de Viviano de Brandini aus Gaiuole bei Florenz war. Roberto erhielt irgendwann das Postprivileg und den Titel »Königlicher Postbote«, was ihn berechtigte, in seinem Haus am Marktplatz die erste Lemberger Poststelle zu eröffnen. Leider fragte mich Jelena nicht nach dem Haus mit der Nummer 2, so daß ich ihr diese Ausführungen schuldig bleiben mußte. Wenn ich schon von ihr nichts Neues über die Stadt erfuhr, konnte sie mir wenigstens bei einem Einkauf behilflich sein. Ich hatte eine eitrige und vor sich hin pochende Entzündung am rechten Daumennagel und brauchte eine antibiotische Salbe, die ihr in der Apotheke auch ohne weiteres verkauft wurde. Nach dem Gang zur Apotheke bezahlte ich die sogenannte zweistündige Stadt-führung, die sich im Grunde auf den Apotheken-besuch beschränkt hatte, und teilte Jelena mit, ich würde doch keine Dolmetscherin auf die Fahrt nach Bryschtsche mitnehmen, schließlich werde es dort mit den Bewohnern nicht viel zu bereden geben, falls in Bryschtsche überhaupt noch jemand lebte. Die fünfzig Euro Avance oder Avanz wolle ich allerdings zurückhaben und deshalb morgen noch einmal bei der Professorin vorbeischauen.

Am Tag darauf buchte ich an der Hotelrezeption einen Wagen mit Fahrer für den übernächsten Tag, was vollkommen unproblematisch war. Der Fahrer sollte ein Mann mit Englischkenntnissen namens Jurij sein und der Wagen ein Ford Mondeo. Der Preis für eine Acht-Stunden-Fahrt betrug 199 Dollar. Das war nicht wenig. Um so mehr war ich gewillt, mir die fünfzig Euro wiederzuholen. Dann sprach ich noch einmal in der Privatuniversität vor. Wieder versperrte mir Gregor Samsa den Weg. Wieder das übliche Nichtverstehen. Ich zeigte nach oben in den ersten Stock und sagte »Professorin«. Der Portier schüttelte den Kopf. Und wieder erschien eine ältere Dame, die mich allerdings nicht in den ersten Stock führte, sondern in einen Büroraum im Erdgeschoß. Es war der traurigste Büroraum, den ich in meinem Leben bisher gesehen hatte, was zum einen an der mattes Licht spendenden Neondeckenleuchte und zum anderen am Mobiliar lag, das aus einem großen viertürigen Kleiderschrank von circa 1870 und zwei winzigen Metallschreibtischen aus der Sowjetzeit bestand. Der eine davon war der Arbeitsplatz der Dame, an dem sie irgendwelche Listen mit der Hand bearbeitete, der andere schien unbesetzt. Daß das Büro schon einmal bessere Zeiten gesehen hatte, konnte man an der Tür erkennen, die mit einem gesteppten Lederpolster versehen war.

Ich erklärte der Frau, ich sei gekommen, um die fünfzig Euro wieder abzuholen, die ich der Professorin als Vorschuß gegeben hatte. Die Frau reagierte nicht. Ich verlegte mich auf Stammeldeutsch, sagte »Professorin«, zeigte mit dem Finger an die Decke, sagte »Avanz« und »Avance«. Dann rieb ich Daumen und Zeigefinger aneinander und sagte »Euro, Euro« und, um ganz sicherzugehen, auch »Hrywnja«, den Namen der unlängst erst eingeführten ukrainischen Währung, was die Frau aber ebensowenig wie alles andere zu verstehen schien.

Sie antwortete irgend etwas auf ukrainisch, versuchte es dann russisch, griff schließlich zum Telefonhörer, redete ziemlich lange am Telefon, legte den Hörer wieder auf und erklärte dann in einem gar nicht so schlechten, allerdings etwas überholten, nach Kaltem Krieg und Gleichgewicht des Schreckens klingendem Deutsch, die Frau Professor sei im Moment nicht zu sprechen und ich solle in einer halben Stunde wiederkommen.

Ich sagte: »In Ordnung«, verließ das Institut und blieb unschlüssig auf dem Bürgersteig stehen. Was sollte ich machen? Das Institut befand sich zwischen Altstadt und Schloßberg. Weder in die eine noch in die andere Richtung zu gehen würde sich lohnen. Also lungerte ich herum, erfreute mich an dem aufreizenden Gang einer jungen Passantin, die einen kurzen Rock und sehr hochhackige Schuhe trug, woran man sich in Lemberg ja des öfteren erfreuen konnte, und kaufte mir in einem Kiosk ein Schokoladeneis, das umgerechnet zwölf Cent kostete.

Nach einer halben Stunde kehrte ich ins Institut zurück, der Pförtner winkte mich sofort in das traurige Büro der Dame durch, die mir ohne Umschweife sagte, daß die Professorin heute nicht mehr ins Institut komme, daß ich es aber morgen wieder versuchen könne. Nun ließ ich mich nicht länger hinhalten, denn ich war sicher, daß die Professorin direkt über uns in ihrem Büro saß, die fünfzig Euro noch in der Hand oder in ihrer Bluse versteckt, und ich hätte natürlich auch nachfragen können, warum ich die halbe Stunde hatte warten müssen. Wahrscheinlich nur, um mich zu demütigen und zum Bittsteller zu machen. Ich rechnete um, wieviel fünfzig Euro in der Ukraine wert waren. Man konnte einerseits Unmengen Schokoladeneis dafür kaufen, andererseits aber gerade einmal für zwei Stunden einen Ford Mondeo mit Fahrer mieten. Ich versuchte, die Angelegenheit vom Standpunkt der Ford-Mondeo-Miete aus zu betrachten und auf die fünfzig Euro zu pfeifen. Was waren schon zwei Stunden Mietwagen mit Fahrer. Ich hatte für die Fahrt nach Bryschtsche schließlich acht Stunden gebucht, auch wenn ich nicht sicher war, ob acht Stunden ausreichten. Zumal ich dem Fahrer am nächsten Tag für die Hinfahrt eine längere Strecke vorschlug, die über das Städtchen Brody führen sollte, in dem Joseph Roth geboren war und das ich mir ansehen wollte. Jurij war einverstanden, ihm war es schließlich egal, welche Strecke wir fuhren, und etwaige

Überstunden mußte ich ihm ohnehin zusätzlich vergüten.

In Brody gab es nicht viel zu sehen, keine Joseph-Roth-Spuren bis auf das Gymnasium, das Roth besucht hatte. Das Stadtzentrum war ein leerer Platz, der gleichsam noch immer von der Brodyer Kesselschlacht berichtete, bei der 1944 die Altstadt fast völlig vernichtet worden war. Am Rande der ehemaligen Altstadt stand die Ruine der Synagoge, die einst auch ›Alte Schul‹ genannt wurde. Ein enormes, aber beinahe komplett zusammengefallenes Gebäude, um das sich anscheinend niemand kümmerte und das, aus welchen Gründen auch immer, zumindest als Ruine bis heute überdauert hatte, samt eines hebräischen Schriftzuges an einer der erhaltenen Mauern.

Brody war traurig. Wir blieben nicht lange in Brody. Auf dem leeren Ringplatz setzte ich mich mit Jurij auf eine Bank und erklärte ihm anhand einer Landkarte, wo Bryschtsche ungefähr liegen mußte. Auf der offiziellen Straßenkarte war das Dorf nicht zu finden, aber ich besaß eine von Hand gezeichnete Wolhynienkarte, die ich mir bei einem wolhynischen Heimatverein bestellt hatte und auf der zahlreiche ehemalige deutsche Kolonien und zum Glück auch die Kolonie Bryschtsche eingezeichnet waren, die westlich von der Straße lag, die von Luzk nach Roshischtsche führte.

Während der Fahrt Richtung Luzk habe ich die meiste Zeit vor mich hin gedöst. Die Landschaft war eintönig: Getreidefelder, die zum großen Teil schon abgeerntet waren, und ab und zu ein Wäldchen. Nach Luzk wurde ich wieder wach, und gemeinsam suchten wir nach einer Abzweigung Richtung Bryschtsche. Doch da war keine Abzweigung. Das machte auch Jurij, der die ganze Zeit sicher gewesen war, den Ort zu finden, ein wenig nervös. Irgendwann beschloß er, zu halten und sich zu erkundigen. Die nächste Gelegenheit waren zwei alte Frauen an einem Obststand.

»Nach Bryschtsche?« fragte Jurij, und ich war überzeugt, wir hätten die Frauen genausogut nach dem nächsten Weg zum Mars fragen können. Doch die beiden wunderten sich kein bißchen und zeigten ohne jede Irritation in Fahrtrichtung. Ihren Kommentar verstand auch ich: noch zwei, drei Kilometer und dann links Richtung Bryschtsche. Wobei sie mehrere Male das Wort Bryschtsche aussprachen, als sei es das Selbstverständlichste von der Welt. Für mich war es nicht selbstverständlich. Für mich war es ein Wunder und der Beweis dafür, daß mein Vater kein Gespenst aus einem östlichen Schattenreich, sondern ein Mensch mit einem wirklichen Geburtsort war.

Die Frauen hatten recht gehabt. Schon nach wenigen Minuten zeigte uns ein Wegweiser folgende Ortschaft an: БРИЩЕ. Jurij sah das Schild und sagte, als hätte er nie etwas anderes erwartet: »Bryschtsche«. Ich glaubte ihm, ich mußte ihm glauben. Dann bat ich ihn anzuhalten, ich wollte den Wegweiser fotografieren, der blau wie unsere Autobahnschilder und auf dem der Sternenkranz der Europaflagge neben dem Ortsnamen zu sehen war.

Der Sternenkranz irritierte mich. Gehörte Bryschtsche zur Europäischen Union? Hatte die EU die Straße gebaut? Oder nur den Wegweiser spendiert? Während der ganzen Fahrt hatten wir keinen einzigen Wegweiser mit Europaflagge gesehen. Ich konnte mir die Flagge nicht erklären, empfand aber plötzlich einen gewissen Stolz auf Bryschtsche. Vielleicht war Bryschtsche als einzige ukrainische Ortschaft in die EU aufgenommen worden. Wegen besonderer Verdienste. Weil mein Vater dort geboren war. Weil mein Vater dort Kühe gehütet hatte. Jurij hatte auch keine Ahnung. Er schien sich zudem mit Flaggen nicht besonders auszukennen, besaß aber überraschende Bibelkenntnisse und meinte, daß die zwölf Sterne die Krone Marias darstellen würden. Ich bezweifelte das und behauptete, es handele sich bei den zwölf Sternen um die zwölf Mitgliedstaaten der EU, worauf Jurij meinte, die EU habe mehr als zwölf Mitgliedstaaten. Ich gab nach, vielleicht hatte Jurij recht, ich kannte mich mit der EU nicht besonders aus. Und mit Maria auch nicht. In Wahrheit reichte es mir, daß Bryschtsche überhaupt in der Welt war.

Es waren nur ein paar Hundert Meter, bis wir den Ort erreichten. Bryschtsche war ein Straßendorf mit einer nur unzureichend gepflasterten Straße. Am Ortseingang befand sich der Dorfladen, was man aber nur erkennen konnte, wenn man in das einstöckige und vergitterte Backsteingebäude hineinging, wo ich einer schüchternen Verkäuferin eine Packung Kekse abkaufte. Da es schon später Nachmittag war, hatte sich die Dorfstraße ziemlich belebt, und Jurij konnte mit einigen der Bewohner, die entweder in den Gärten beschäftigt waren oder vor den Häusern auf Stühlen oder Hockern saßen, um den Feierabend zu genießen, ein paar Worte wechseln. Ich bat ihn darum, ein älteres Ehepaar zu fragen, ob sie wüßten, daß Bryschtsche einmal eine deutsche Kolonie gewesen sei, was sofort bejaht wurde. Der Mann erzählte uns vom deutschen Friedhof außerhalb des Dorfes. Wir sollten nur durchs Dorf hindurchgehen, dann käme ein Wäldchen, und dort sei der Friedhof beziehungsweise die Reste davon.

Ich hatte mir Bryschtsche als ein gottverlassenes und ausgestorbenes Nest vorgestellt. Aber Bryschtsche war nicht ausgestorben. Mensch und Tier waren in den Gärten und auf der Dorfstraße, Gänse und Enten mit ihrem fiependen Nachwuchs grasten am Straßenrand, und sogar an ein paar Truthahnküken konnte ich mich erfreuen. Die ersten Truthahnküken meines Lebens. Irgendwann kreuzte auch eine Kuhherde unseren Weg, die von einem Bauern und seiner jungen Frau von den Weiden zurück in die Ställe getrieben wurde. Die Bäuerin trug Gummistiefel sowie leuchtendrote und ziemlich knapp sitzende Jeans. Sie gefiel mir. So eine Bäuerin hätte ich in Bryschtsche nicht erwartet. Auch die zum Teil holzverkleideten und blau- oder gelbgestrichenen Häuser sowie die wild und üppig blühenden Gärten gefielen mir. Die Tatsache, daß in einem der Gärten ein vielleicht zehnjähriges Mädchen unter einem Kirschbaum stand und in aller Seelenruhe eine Kuh mit frischgepflückten Kirschen fütterte, hatte mich geradezu gerührt. So friedlich hätte ich gern als Kind mit einer Kuh im Garten gestanden. Ich hätte mich in meinem Erwachsenenleben gern daran erinnert, wie ich als Kind im elterlichen Garten die Kuh mit Kirschen gefüttert habe. In Bryschtsche beispielsweise. Oder sonstwo. Mit so einer Erinnerung wäre ich ein reicher Mensch gewesen. Aber ich war nicht reich. Ich war, was meine Erinnerungen anging, ein geradezu mittelloser Mensch. Ohne jegliche Habe. Ohne Haus und Hof. Ich konnte mich in meinen Erinnerungen nicht einrichten. Da war nichts Gutes. Da war noch nicht einmal etwas Schreckliches. Da war nur eine verregnete flache und baumlose

Landschaft, die nicht aufhören wollte. Deshalb beneidete ich ein Kind aus Bryschtsche um seine zukünftige Erinnerung daran, wie es an diesem milden Augustabend im Garten seines Elternhauses eine Kuh mit Kirschen gefüttert hatte.

Der Umstand, daß ich jetzt im Zug nach Kutno saß, Poznan und Konin bereits hinter mir gelassen hatte und an Bryschtsche dachte, sprach allerdings dafür, daß ich nun immerhin über eine mir gehörende Bryschtsche-Erinnerung verfügte. Dazu gehörte das Kind mit der Kuh und den Kirschen. Vielleicht würde sich meine Reise nach Polen ebenfalls in eine gute Erinnerung verwandeln lassen. Wenn auch nicht in eine Kindheitserinnerung. Dafür war es zu spät. Wohl aber in eine Erinnerung an den Kindheitsort meiner Mutter, an den sie sich selbst so gut wie nie erinnert hatte, so wie sich auch mein Vater nie an seinen Kindheitsort erinnert hatte. Zumindest nicht in meiner Gegenwart.

Irgendwann während meiner Lektüre war das Pärchen eine Zeitlang verschwunden. Die alte Dame saß starr und aufrecht auf ihrem Platz und schaute aus dem Fenster. Zu lesen hatte sie nichts dabei. Was mochte so eine alte Dame während einer fünfstündigen Bahnfahrt denken? Dachte sie überhaupt? Oder ist das Alter gnädig mit uns und erlaubt uns während solcher Bahnfahrten Absencen und tranceartige Dämmerzustände, von denen wir in jüngeren Jahren noch keine Ahnung haben? Ich muß mich bei solchen Fahrten immerzu mit etwas beschäftigen. Einfach nur denken geht nicht. Und nichts denken schon gar nicht. Wenn ich nichts denke, wird mir schwindlig. Wenn ich irgend etwas zu denken versuche, weiß ich nicht, was ich denken soll. Also lese ich.

Im Zug nach Kutno hatte ich mehrere Bücher dabei. Eines davon hieß: *Die Mitte liegt ostwärts*. Ein anderes *Die reale und die imaginäre Ukraine*. Ich hatte mir beide Bücher wegen der Titel gekauft, wobei ich letzteres eigentlich schon während meiner Reise in die Ukraine hatte lesen wollen, da es mir gut zu meinem Reisevorhaben zu passen schien und auch *Das reale und das imaginäre Bryschtsche* hätte heißen können. Der Titel des ersten Buches widersprach allerdings ganz und gar meinem bisherigen geographischen

Gefühl. Für mich lag die Mitte zwar nicht in Köln oder gar in Stuttgart, wohl aber in Berlin. Und zwar in Westberlin. In Charlottenburg. Beziehungsweise Friedenau. Oder auch am Grunewaldsee. Nicht etwa in Berlin Mitte. Berlin Mitte war für mich schon wieder Osten. Vom restlichen Ostberlin ganz zu schweigen. Laut diesem Buch sollte die Mitte dort liegen, wo ich gewesen war: in Lemberg beispielsweise. Und in Galizien. In Wolhynien und in Bryschtsche möglicherweise schon nicht mehr. In Krakau oder Lublin dann aber wieder doch.

Das Buch über die Ukraine würde ich auch jetzt nicht lesen. Es paßte nicht zu einer Reise durch Polen. Ich würde statt dessen Heimatforschung betreiben, denn ich hatte eine Broschüre über den Geburtsort meiner Mutter dabei. Beziehungsweise über den unmittelbar benachbarten Ort. Den Hinweis auf die Broschüre hatte ich im Katalog des Marburger Herder-Instituts gefunden. Ihr Titel lautete: *Leonberg: eine Schwabensiedlung im Kreis Gostynin/Polen*. Normalerweise interessierten mich Broschüren dieser Art nicht besonders. Ich besaß auch einen ganzen Stapel von Broschüren über Bryschtsche und Wolhynien. Ein wolhynischer Nachbar meines Vaters, der später im Harz lebte, hatte in den sechziger und siebziger Jahren damit begonnen, Erinnerungen an Bryschtsche aufzuschreiben. Das Landleben in Bryschtsche. Kirchliche Feste in Bryschtsche. Handwerk in Bryschtsche. Die Schulen in Bryschtsche. Der Jahresablauf in Bryschtsche. Und so weiter und so fort. Auch diese aus hektographierten Blättern zusammengehefteten Broschüren hatte ich nicht besonders gemocht. Sie wirkten traurig und irgendwie verzweifelt. Traurige, verzweifelte Liebesmüh. Das war zu einer Zeit, als ich noch nicht ahnte, daß ich einmal nach Bryschtsche reisen würde. Das wäre mir damals auch als eine traurige, verzweifelte Liebesmüh vorgekommen. Was suchte ich in dem gottverlassenen Nest, über das mein Vater zeit seines Lebens so gut wie kein Wort mehr verloren hatte.

Jetzt und im Zug nach Kutno hätte ich mich fragen können, was ich in Polen suchte. Noch ein gottverlassenes Nest? Ich fragte mich nicht, sondern holte die Leonberg-Broschüre aus der Reisetasche, was mir allerdings ein wenig peinlich war.

Nicht wegen der alten Dame, die immer noch still vor sich hin starrte, sondern wegen der beiden Verliebten, die inzwischen wieder ins Abteil zurückgekehrt und schon bald erneut mit dem Austausch von Zärtlichkeiten beschäftigt waren. Langsam ging mir die Knutscherei der beiden auf die Nerven. Bei aller Sympathie. Zumal sie mich nun, wenn sie sich ausnahmsweise nicht küßten, unverhohlen anschauten und musterten, was sie vorher nicht getan hatten. Und sie starrten auf die Broschüre in meiner Hand, so daß ich mich plötzlich ziemlich alt und wie ein Vertriebenenfunktionär mit einer Vertriebenenbroschüre fühlte. So ein Vertriebenenfunktionär würde dem Mädchen mit der Perle im Bauchnabel sicher nicht gefallen. Aber ich hätte ihr ganz gern gefallen. Ein wenig zumindest. Dem Altersunterschied entsprechend. Vielleicht hätte ich meinen iPod herausholen sollen. Aber ich hatte gar keinen iPod. Oder wenigstens den neuesten Philip-Roth-Roman oder irgend etwas in der Art. Irgend etwas Westliches. Ich hatte nichts Westliches dabei. Ich kam mir ganz und gar östlich vor. Alt und östlich und vollkommen uninteressant für ein Warschauer Mädchen mit einer Perle im Bauchnabel. Weshalb ich in gewisser Weise beruhigt war, als die beiden schon in Konin ausstiegen, obwohl ich darauf gewettet hätte, sie würden bis Warschau fahren.

Von Konin bis Kutno waren es vierzig Minuten, und die wollte ich in die Broschüre investieren, die ich zu Hause nur flüchtig durchgeblättert, dabei aber etwas entdeckt hatte, was vollkommen neu für mich gewesen war: ein Klassenfoto mit meiner Mutter als Schülerin. Sie war auf dem Foto so alt wie das Mädchen mit der Kuh und den Kirschen. In der Broschüre waren mehrere Klassenfotos, und ich hätte meine Mutter niemals darauf entdeckt, wenn der Verfasser nicht einen Post-it-Zettel auf die Seite geklebt und darauf notiert hätte: *Ihre Mutter ist die zweite von rechts in der dritten Reihe von oben.*

Ich kannte keinerlei Kinder- oder Jugendfotos von meinen Eltern, die ich mir darum auch immer nur als Erwachsene hatte vorstellen können. Als Erwachsene, wie man erwachsener gar nicht sein konnte. Jetzt hatte ich den Beweis, daß zumindest meine Mutter einmal ein Mädchen von elf Jahren gewesen war. Meinem Vater traute ich eine Existenz als Kind oder Knabe noch immer nicht zu. Mein Vater konnte unmöglich einmal jung gewesen sein. Meine Mutter offensichtlich doch. Kurz hinter Konin und ungefähr dreißig Minuten vor Kutno schaute ich mir den Beweis in aller Ruhe noch einmal an und sah ein junges Mädchen mit Zöpfen, Scheitel, ernstem Blick und vollen, geschwungenen Lippen. Sie ähnelte, was Augen und Mund anging, ein wenig dem Jungen aus dem Zug. Meine Mutter war, dem Foto nach zu urteilen, ein ungewöhnlich hübsches Mädchen gewesen. Ich scheue mich nicht zu sagen: eine Schönheit. Auch wenn das nach Mutterverherrlichung klingt. Ich habe allerdings Mühe, in dem schönen elfjährigen Mädchen die eigene Mutter wiederzuerkennen. Und darf ich mir überhaupt vorstellen, daß ich irgendwann später in dem Bauch dieses Mädchens herangewachsen bin? Ein Gedanke, der mir unerlaubt und fast ein wenig unzüchtig und blutschänderisch vorkommt.

2

Bin ich ein Sünder, weil ich gezeugt und geboren wurde? Geboren von einer jungen Frau, die einmal ein schönes Mädchen mit Zöpfen gewesen ist? Ich weiß es nicht. Ich weiß nur, daß ich an einem heißen Augusttag in der elterlichen Wohnküche und in Anwesenheit eines Hundes auf die Welt kam, was zu einer doppelten Prägung geführt hat: auf heiße Sommertage einerseits, auf Hunde andererseits. Ich habe zwar vieles aus meinem Leben und aus meiner Kindheit vergessen. Aber an die Entstehung meiner Prägung auf Hunde glaube ich mich sehr genau erinnern zu können: wie ich, soeben vom Mutterleib entbunden und von der Hebamme an den Füßen gehalten, damit Flüssigkeit, Schleim und Wasser aus meiner Lunge abflossen, zum ersten Mal die Augen öffnete und dem unter dem Küchentisch liegenden Hund in die Augen geblickt hatte. Ich hatte, davon war ich überzeugt, meinem Ursprung in die Augen geblickt. Ich habe darum Hunde sowie Tiere überhaupt immer als meine nächsten Verwandten betrachtet.

Seit einigen Jahren besitze ich eine Jahreskarte für den Berliner Zoo, genieße dort ein gewissermaßen uneingeschränktes Aufenthaltsrecht. Wann immer ich mich in Charlottenburg aufhalte, gehe ich in den Zoo. Nicht um die Tiere anzuschauen. Das brauche ich nicht. Es reicht mir, wenn ich in ihrer Nähe bin. Außerdem bin ich ja keine in Zootiere vernarrte Wilmersdorfer oder Moabiter Witwe, die stundenlang vorm Affenkäfig sitzt und durch die dicke Glasscheibe Gespräche mit ihrem Lieblingsaffen zu führen versucht. Das fehlte noch. So jemand bin ich nicht. Wenn ich durch den Zoo gehe, dann tue ich so, als sei ich gar nicht im Zoo. Dann nehme ich die Elefanten und Affen und Nashörner nur aus den Augenwinkeln wahr. Ich sehe die Tiere lediglich im Vorbeigehen. Auch die ganz großen. Auch die Giraffen. So wie umgekehrt die Zootiere mich nur im Vorbeigehen sehen. Die Zootiere und ich sind uns so vertraut, daß wir uns nicht eigens anzuschauen brauchen. Es reicht die Witterung, und wir wissen Bescheid. Wenn ich so an den Zootieren vorbeigehe, dann bin ich meistens auf dem Weg ins Zoorestaurant, wo ich einen Eintopf esse und lese. Ich kann sehr

gut im Zoo lesen. Besser als zu Hause. Zu Hause
bin ich oft zu nervös. Im Zoo werde ich ruhig. Ich
bin zu Hause wahrscheinlich deshalb oft nervös,
weil in meinem Elternhaus ständig die Ladenklingel klingelte. Von morgens bis abends und nicht
nur im Laden, auch in der Wohnküche. Das Klingeln der Ladenklingel hat mich und meine Familie jedesmal aufgeschreckt und geradezu von den
Stühlen gerissen. Denn wenn es klingelte, mußte
bedient werden. Ich habe von frühester Kindheit
an Kunden bedient. Wenn auch sehr unwillig und
nicht immer zur Zufriedenheit der Kunden. Ich
bin auch seit frühester Kindheit mit einem Bauch-
laden auf westfälischen Schützenfesten herumge-
laufen. Die größte Demütigung, die man einem
Kind antun kann. Wahrscheinlich bin ich auf
Ladenklingeln geprägt. Auf Klingeln überhaupt.
Negativ geprägt natürlich. Anders kann ich es
mir nicht erklären, daß die erste Wohnung, die
ich in Leipzig bezogen habe, direkt über einem
Bäckerladen lag und mein Schreibtisch wiederum
direkt über der Ladenklingel des Bäckerladens
stand. Der Laden lief relativ gut, und ich bin alle
paar Minuten aufgeschreckt und geradezu vom

Stuhl gerissen worden durch das Geklingel. Es hätte nicht viel gefehlt, ich wäre hinuntergegangen und hätte die Kundschaft bedient.

Ich entkam der elterlichen Ladenklingel und dem Bedienen der Kundschaft erst, als ich nach der mittleren Reife Schule und Heimatstadt verließ und ein Internat in einer osthessischen Kleinstadt besuchte. Meine schulischen Leistungen erlaubten ein Verbleiben in Ostwestfalen nicht, um es zurückhaltend auszudrücken. Kein Wunder, bei dem nervenzermürbenden Klingeln, dem ich von morgens bis abends ausgesetzt war. Das Klingeln versetzte mich in eine ständige Alarmstimmung. Auch in den Zeiten, in denen es nicht klingelte, war ich alarmiert. Denn die Zeiten, in denen es nicht klingelte, waren nur die Zeiten, in denen es noch nicht klingelte. Heute weiß ich, daß das ständige Klingeln in Wahrheit das äußere Zeichen einer Verstörung war, die einen ganz anderen Grund hatte.

Gemeint ist eine biographische Verstörung. Die Alarmstimmung in meinem Elternhaus war die Verdoppelung der inneren Panik, die meine Eltern beherrschte. Es war die Angst davor, Haus und Hof zum zweiten Mal zu verlieren. Solange es klingelte, betraten Kunden den Laden, und solange Kunden den Laden betraten, war der Umsatz und damit der Lebensunterhalt der Familie gesichert. Klingelte es nicht mehr, kam keine Kundschaft mehr. Es mußte also klingeln, um jeden Preis sozusagen. Und es klingelte auch. Ich teilte die Angst meiner Eltern vor Umsatzverlust. Ich träumte vom Umsatzverlust und fragte schon als kleines Kind die Eltern jeden Abend nach dem Tagesumsatz. War der Umsatz gut, war ich ebenso beruhigt wie die Eltern. War der Umsatz schlecht, war ich ebenso beunruhigt wie sie und träumte Katastrophenträume. Ich fürchtete, ohne guten Tagesumsatz in der Gosse zu landen oder nach Polen oder Rußland zurückzumüssen. Daß ich zurückvertrieben würde. Von den Westfalen zurückvertrieben. Wegen schlechter Tageskasse zurückvertrieben. Richtung Osten. Zurückvertrieben auf einen wolhynischen Bauernhof, auf dem es weder Vieh noch fruchtbaren Boden gab. So karg und entbehrungsreich stellte ich mir zumindest damals das Leben im Osten vor.

Die Furcht blieb auch dann noch, als zu dem La-

dengeschäft die Zigarettenautomaten hinzuka-
men, die mein Vater in der Umgebung aufgehängt
hatte. Der Umsatz erhöhte sich dank der Zigarettenautomaten beträchtlich. Nun fuhr der Vater jeden Tag zusammen mit einem Fahrer durch die Gegend und füllte und leerte Automaten. Erst wurde
das Vieh gefüttert, und dann wurde es gemolken.
Der Vater kam erst am Abend nach Hause. Von
uns, seinen Söhnen, ängstlich erwartet. Wir saßen
am Küchentisch, die Hände auf der Wachstuch-
decke, und warteten auf die Rückkehr des Vaters. Und wie immer, wenn wir das Klappern des
Hoftors hörten und den Motor des Lieferwagens,
der langsam hinter das Haus rollte, steigerte sich
unsere Nervosität und die Angst vor dem Vater,
vor seinen schnellen und schweren Schritten und
dem plötzlichen Krachen, mit dem er die Küchentür aufriß und die lederne Geldtasche auf den Küchentisch stellte. Und jedesmal suchten wir, sobald
wir das Hoftor und den Wagen hörten, den Kü-
chenraum nach Spuren der Unordnung ab, legten
Zeitschriften oder Comics auf die Ablage, stellten
das Radio aus, beseitigten Essensreste, aus Furcht
vor der Wut, zu der der Vater fähig war, wenn er

seine Söhne beim Radiohören, beim Lesen, Essen oder beim gemeinsamen Spiel antraf. Alles, was darauf hindeutete, daß wir nicht ganz und gar auf ihn und das Geld warteten, das er jeden Abend heimbrachte, rief einen adernschwellenden Zorn in ihm hervor, der manchmal so weit ging, daß er uns damit drohte, das Radio aus dem Fenster zu werfen oder uns *ein für allemal* das Lesen von Comic-Heften oder Zeitschriften zu verbieten. Diesem Zorn wollten wir unter allen Umständen entgehen und taten alles, um dem Vater bei seiner Rückkehr den Eindruck einer tadellos aufgeräumten Wohnküche und von drei arbeitswilligen Söhnen zu machen.

Doch auch wenn der Vater keinerlei Beanstandungen hatte und eine aufgeräumte Küche und drei arbeitswillige Söhne vorfand, ging von ihm noch immer eine bedrohliche, nur mühsam unterdrückte Wut auf alles aus, was sich in seiner Familie abspielte und was nicht dazu diente, ihn und seine Arbeit zu unterstützen. Wir aber waren ängstlich und gelehrig genug, um den Zornausbrüchen des Vaters vorzubeugen und ihm den Eindruck zu vermitteln, als lebten wir nur seinetwegen und um der Arbeit willen, die er, wie er immer wieder betonte, schließlich auch nur für uns, seine Söhne, auf sich nahm.

So verliefen die meisten Abende, an denen wir wohlpräpariert den Vater erwarteten, einigermaßen friedlich. Der Vater erschien in der Küche und erfaßte mit einem Blick die Ordnung im Raum und die folgsame Wartehaltung der Söhne. Ohne Gruß und mit dem Ruf »Geldzählen« stellte er die Tasche, eine stabile, mit dickem Garn genähte Maßanfertigung aus Rindsleder, auf den Küchentisch. Wir öffneten die Tasche und nahmen das Geld heraus. Es befand sich in Blechdosen, die wir einzeln aus der Tasche hoben und Dose für Dose entleerten, so daß wir schließlich vor einem Berg Markstücke saßen. Ein Haufen kalter Münzen, einige silbern glänzend und wie neu, andere mit rostigen Rändern, wieder andere schwarz und schmutzig, mit öligen Schlieren versehen.

Während wir sorgsam das Geld auf dem Tisch aufhäuften, beobachtete uns der Vater so lange, bis er sicher sein konnte, daß wir unverzüglich mit der Arbeit beginnen würden. Dann ging er hinaus auf den Flur, wo ihn die Mutter bereits

erwartete, um ihm Hut, Mantel und Anzugjak-
ke abzunehmen und den grauen Gummiring vom
linken Hemdsärmel zu streifen, die gestärkte
Manschette zu öffnen und den Hemdsärmel auf-
zurollen. Der rechte Hemdsärmel blieb unberührt
auf der Armprothese mit dem schwarzen, schon
ein wenig verschlissenen Lederhandschuh über
der künstlichen Hand.

Während der Vater gemeinsam mit seinem Fahrer
den Lieferwagen mit Zigaretten, Zigarren und Ta-
bakdosen belud, saßen wir am Küchentisch und
zählten das Geld, und wenn wir Glück hatten,
dann hatte der Vater bis zu diesem Moment noch
kein einziges Mal gebrüllt. Wir saßen über das
Geld gebeugt unter der stoffbespannten Küchen-
lampe und lauschten nach dem Vater, der draußen
im Flur dem Fahrer Anweisungen für das Beladen
des Lieferwagens gab. Er hatte die Küchentür of-
fengelassen, schaute immer wieder zu uns herein,
und wir wagten nicht, uns umzudrehen oder auch
nur miteinander zu reden. Selbst den Gang auf
die Toilette verkniffen wir uns.

Das einzige, was wir taten, war zählen. Jeder für
sich und leise murmelnd zählten wir von eins bis

zehn, immer von eins bis zehn, zu dritt um den Tisch sitzend, meine Brüder und ich, um den abgeräumten Tisch mit dem Haufen Geld darauf. Je länger wir zählten, um so mehr schien der Vater mit sich und der Welt ins reine zu kommen, seine Unruhe ließ von ihm ab, die unterdrückte Wut, die von ihm ausging, schien zu verebben oder sich in die Tiefe seiner Person zurückzuziehen, und wir konnten ihn nun sogar manchmal draußen auf dem Flur mit dem Fahrer oder der Mutter lachen und scherzen hören. Vor allem dann, wenn er nicht nur mit seinen eigenen Einnahmen, sondern auch mit dem von der Mutter im Laden gemachten Tagesumsatz zufrieden war.

Je öfter wir die lachende oder scherzende Stimme des Vaters hörten, um so mehr vergaßen wir, daß das tägliche Geldzählen eine verhaßte tägliche Pflicht für uns war, und begannen, das Geld mit einer gewissen spielerischen Freude zu zählen. Zuweilen entbrannte sogar zwischen mir und meinen Brüdern, die wir alle inzwischen äußerst geübte Geldzähler waren, ein sportlicher Wettstreit. Denn jeder von uns war in der Lage, mehr oder weniger blind und nur dem Gewicht nach aus dem Geldhaufen exakt zehn Markstücke zu greifen, die wir dann zu einem kleinen Turm stapelten. Aus fünf dieser Türme bildeten wir eine Reihe, an die sich sofort ein neuer Turm und eine neue Reihe aus fünf Münztürmen anschlossen. So errichteten wir, jeder für sich und an seinem Platz, regelrechte Schlachtordnungen: immer fünf Türme zu je zehn Münzen nebeneinander, und wieder fünf Türme zu je zehn Münzen. Je schneller wir abwogen, zählten und schichteten, um so schneller rückten unsere jeweiligen Münzreihen vor. Meine Reihe gegen die Reihe des ältesten beziehungsweise zweitältesten Bruders, der mir gegenübersaß, und seine Reihe gegen meine Reihe. Von der Flanke stieß mein zweit- beziehungsweise drittältester Bruder gegen uns vor, bedrängte uns und machte uns unseren Platz und unser Vorankommen streitig. So rückten wir systematisch, mit geometrischer Exaktheit und einem heimlichen Vernichtungswillen gegeneinander vor, bis der Vater, der unsere Arbeit von der Küchentür aus weiterhin im Blick hatte, schließlich mit einem Stapel Rollpapier in die Küche kam und wir damit begannen, das Geld mit Hilfe des weißen und mit der Aufschrift *Fünfzig Deutsche Mark* versehenen Papiers zu rollen.

Es mußten jeweils fünf Türme mit je zehn Markstücken zu einer Rolle gerollt werden, und so nahmen wir unsere sorgsam errichtete Schlachtordnung Reihe für Reihe wieder zurück. Es war ein geordneter Rückzug, den wir veranstalteten, und wir taten es mit großer Fingerfertigkeit und großem Eifer. Der Vater meinte, daß man eine Geldrolle so fest wie eine Eisenstange rollen könne. Wir rollten also unsere festen und immer festeren Rollen, und die besten waren dann auch fest wie Eisenstangen. Je fester die Rolle, desto besser unsere Leistung, und desto sicherer überstand die Rolle auch den Transport in die örtliche Sparkasse, den einer oder zwei von uns am nächsten Morgen mit dem Fahrrad bewerkstelligten und wo uns der Bankkassierer nicht genug loben konnte für unsere gute Leistung im Geldrollen.

Leider waren die Triumphe, die meine Brüder und ich bei unserem abendlichen Geldzählen errangen, immer nur von kurzer Dauer, denn die erträgliche Laune des Vaters änderte sich sofort wieder, wenn er mit der Höhe seiner Einnahmen nicht zufrieden war oder wenn zu viele falsche Münzen, zumeist markstückgroße Messingplättchen, unter dem Geld waren. Da wir wußten, daß der Vater über die falschen Münzen außerordentlich in Rage geraten konnte, haben wir sie anfangs stillschweigend unter den echten Münzen gelassen und mit eingerollt. Doch flog dieser Schwindel irgendwann auf, da die Bank dazu übergegangen war, die Rollen nicht nur der Länge nach zu vergleichen, sondern sie mit einer Geldwaage zu wiegen und gegebenenfalls zu öffnen, durchzuzählen und die falschen Münzen auszusortieren.

Nachdem bei einer solchen Kontrolle mehrere von den Messingplättchen entdeckt worden waren, erreichte den Vater eine Reklamation der Bank, was ihn noch mehr in Rage brachte als die falschen Münzen, denn er war ein Mann von außerordentlichem Ehrgefühl, der auch nicht den kleinsten Verdacht einer unehrenhaften Handlung auf sich sitzen lassen konnte, ohne Haus und Hof zu verdammen und meine beiden Brüder und mich mit rotem Kopf und wutschreiend zur Rede zu stellen. Uns blieb also nichts anderes übrig, als die falschen Münzen künftig getreulich zur Seite zu legen, und je mehr es waren, und es waren zu gewissen Zeiten ziemlich viele, um so ärgerlicher wurde der Vater.

Ging aber das Geldzählen ohne größere Aufkommen von falschen Münzen vor sich und handelte es sich bei der Tageseinnahme um eine überdurchschnittliche Tageseinnahme, dann konnten wir uns eines gutgelaunten und zuweilen sogar ausgelassenen Vaters sicher sein. Allerdings ließ sich diese Ausgelassenheit nur dann über den ganzen Abend retten, wenn wir nicht darum baten, nach dem Geldzählen aus allen weiteren Pflichten entlassen zu werden, sondern uns daranmachten, das Zigaretten- und Tabaklager aufzuräumen, der Mutter beim Versorgen des Ladengeschäftes zu helfen sowie den Hof und den Gehsteig vor dem Geschäft zu fegen. Auf diese Weise umgeben von seinen bis in den späten Abend beschäftigten Familienmitgliedern, konnte aus dem Vater ein beinahe heiterer, unbekümmerter Mann werden. So verdienten meine Brüder und ich uns den abendlichen Frieden im Namen des Herrn, der unser Vater war, und wir wurden belohnt mit der Nahrung, die wir aßen, mit der Kleidung, die wir trugen, und einem zufriedenen Vater. Denn wenn am späten Abend das Vieh in den Ställen und das Feld bestellt war, will sagen: das Geld gezählt, der Lieferwagen für den nächsten Tag neu beladen, das Ladengeschäft aufgeräumt und mit neuer Ware versorgt, die täglichen Einnahmen gezählt und verbucht waren, dann konnte es vor allem an warmen Sommerabenden geschehen, daß der Vater uns alle dazu einlud, mit ihm auf dem asphaltierten Hof hinter dem Haus zu sitzen und den Fledermäusen zuzuschauen, die über den Nachbargärten kreisten. Das wäre der Moment gewesen, uns etwas von früher zu erzählen. Doch der Vater erzählte nichts. Nichts von Bryschtsche, nichts aus seiner Kindheit, nichts von seinen Eltern, die schließlich unsere Großeltern waren, und von allem anderen auch nicht. Er schlief vielmehr nach kurzer Zeit auf seinem Gartenstuhl ein, bis es zu dunkel und zu kühl wurde, um länger draußen zu sitzen.

Die Angst vor Umsatzeinbußen und Einkommensverlust teilte ich mit den Eltern meine ganze Kindheit hindurch. Die Angst, ihren auf der Flucht verlorengegangenen ältesten Sohn nicht wiederzufinden, konnte ich nicht mit ihnen teilen, denn ich wußte nicht, daß Günter verlorengegangen war. Für mich war Günter tot, auf der Flucht verhungert, wie meine Mutter mir gegenüber unter Tränen immer wieder versichert hatte. In Wahrheit war er verlorengegangen und wurde von den Eltern beziehungsweise der Mutter bis weit in die siebziger Jahre hinein gesucht. Das war der zweite Daueralarm, unter dem die Eltern litten und der auch mich in Unruhe versetzte. Ich wußte nicht, daß Günter verlorengegangen war, aber ich spürte beständig: Irgend etwas fehlte. Nach irgend etwas sehnten sich die Eltern. Und das, wonach sie sich sehnten, war wichtiger als alles andere. Auch als ich selbst natürlich.

Ich war nicht der Gegenstand der Sehnsucht meiner Eltern. Ich konnte ja noch nicht einmal vernünftig die Kundschaft bedienen. Und ein Schulversager war ich auch, was ohne Zweifel damit zu tun hatte, daß ich das Kind von Vertriebenen und für die Einheimischen eine Art Pole oder Russe war. So blöd konnte ich gar nicht gewesen sein, um in irgendeinem westfälischen Provinzgymnasium nicht mein Abitur zu machen. Doch die Wahrheit ist: So blöd beziehungsweise gestört war ich gewesen und mußte schließlich bis nach Hessen in ein Internat ausweichen, wo es den Leuten egal gewesen war, ob meine Eltern Flüchtlinge oder Vertriebene oder sonst etwas waren. Sie kannten meine Eltern ja gar nicht, vom Aufnahmegespräch einmal abgesehen.

In Hessen atmete ich auf. In Hessen klingelte es nicht. Hier läutete eine Glocke, die im Innenhof des Internats an einem Balken aufgehängt war. Die Glocke läutete zum Frühstück, zum Mittagessen und zum sogenannten Silentium, der Ruhezeit am Nachmittag, während der nicht geschlafen, sondern für die Schule gearbeitet wurde. Die Internatsglocke hat mich merkwürdigerweise nie gestört. Im Internat hat mich im Grunde genommen gar nichts gestört, obwohl es ein sehr preiswertes Internat war. Da wurden keine arabischen Prinzen erzogen, sondern Schulversager aus Nordrhein-Westfalen oder aus Bayern. Ich habe über mein Leben im Internat und über meine erste Jugendliebe, die ich im Internat kennengelernt hatte, einen Text mit dem Titel *Über das Geschlechtsleben der Wilden* geschrieben. Bei dem Text handelt es sich um ein Kapitel aus meinem Roman *Der irdische Amor*, den ich anfangs ebenfalls *Über das Geschlechtsleben der Wilden* nennen wollte, wogegen aber mein Verleger mit einem handgeschriebenen Brief intervenierte. Vor allem wegen des Wortes *Geschlechtsleben*, das er überaus häßlich und ungeeignet fand für einen Romantitel. Ich hatte mich überzeugen lassen, als Kompensation jedoch das Romankapitel mit besagtem Titel als selbständige Erzählung in einer Anthologie vorab publiziert. So konnte ich das Wort *Geschlechtsleben* retten, ohne meinen Roman damit verschandeln zu müssen.

Mir war an dem *Geschlechtsleben der Wilden* vor allem deshalb so gelegen, weil es sich hierbei um ein Buch des Ethnologen Bronislaw Malinowski handelte, in dem sehr junge und sexuell aufgeschlossene Mädchen in Baströckchen vorkamen und auf das ich durch die Lektüre eines Buches von Wilhelm Reich aufmerksam geworden war, das den ebenfalls vielversprechenden Titel *Der Einbruch der sexuellen Zwangsmoral* trug. Die Bücher lagen ganz auf meiner damaligen Linie. Schon in Ostwestfalen und noch während der frühen Pubertät hatte ich mir mein Sexualleben so ähnlich wie das der Wilden in Malinowskis Buch vorgestellt. Und für den Einbruch der sexuellen Zwangsmoral war ich auch. Ich besaß eine Zeitlang sogar einen pinkfarbenen Button, auf dem geschrieben stand: »I'm for sexual freedom«, was ich mir damals und aufgrund meiner unvollkommenen Englischkenntnisse mit »Ich bin für sexuellen Frieden« übersetzte. Die Fehlübersetzung war allerdings kein Problem, denn sie entsprach meiner Überzeugung, wonach das Geschlechtsleben der Wilden so gestaltet war, daß es ihnen ihren sexuellen Frieden sicherstellte, den ich schmerzlich vermißte.

An meinem sexuellen Frieden mußte ich arbeiten. Aber wie arbeitete man daran? Zum einen, indem man eine Freundin hatte, und die hatte ich irgendwann. Eine Internatsfreundin. Meine Jugendliebe. Und da wir uns auf unseren Zimmern nicht besuchen durften, blieb uns nichts anderes übrig, als uns miteinander oberhalb des Internatsgeländes in den osthessischen Wäldern zu vergnügen. Im Bergwinkel zwischen Rhön, Spessart und Vogelsberg liebten wir uns sozusagen wie die Wilden und holten uns in der kühleren Jahreszeit manche Nieren- und Blasenunterkühlung. Irgendwann im tiefsten Winter habe ich das Mädchen dann doch auf seinem Zimmer besucht, wurde erwischt und aus dem Internat geworfen, was sich am Ende aber als günstig erwies, da ich danach in Hanau zur Schule ging und im nahegelegenen Gelnhausen am Untermarkt ein Privatquartier bezog, wo mich meine Freundin jederzeit besuchen konnte.

So hätte ich ewig weitermachen können, hätte mich nicht irgendein Dämon nach dem Hanauer Abitur aus den Armen meiner Freundin und nach Westberlin getrieben. Hier wollte ich studieren, und hier wollte ich auch keine feste Freundin mehr haben, sondern ein linksradikaler Westberliner Student ohne feste Bindungen sein. Mit anderen Worten: Ich wurde Untermieter im Hinterzimmer einer Wohnung in der Charlottenburger Momm-senstraße, die einer verwitweten Geschäftsfrau gehörte, und fühlte mich so einsam wie noch nie in meinem Leben.

Berlin, meine Stadt des Aufbruchs, der linken Studenten, der Wohngemeinschaften, besetzten Häuser, Kreuzberger Kneipen und revolutionären

Buchläden, wurde für mich zur traurigsten Stadt der Welt. Wäre ich doch bei meiner Freundin geblieben. Wäre ich doch mit ihr nach Marburg, Freiburg oder Tübingen gegangen. Wären wir doch gemeinsam ein süddeutsches Lehrerehepaar geworden. In Berlin kroch die ganze Misere meiner Kindheit und Jugend in mir hoch, ohne daß ich begriff, was da eigentlich hochkroch. Mein Morbus biographicus hatte noch keinen Namen. Ich lernte aber in einer Gruppentherapie bei einem Psychoanalytiker, der in der Uhlandstraße praktizierte und Bart und Kippa trug, daß es anderen ebenso ging wie mir. Oder noch schlechter. Viele saßen in der Mutterfalle. Und seinen sexuellen Frieden hatte niemand von ihnen. Am Ende ging es auch dem Psychoanalytiker schlecht. In welcher Falle er saß, wußte ich nicht. Eines Tages starb er durch eine Überdosis Tabletten auf der Couch, auf der normalerweise seine Patienten lagen und auf der auch ich mehrere Stunden gelegen hatte, als es um meine Anamnese ging.

3

Ich träumte davon, ein Buch zu schreiben, und ich schämte mich für diesen Traum. Und lange Zeit schien es ganz so, als sollte die Scham mich und meinen Traum überleben. Die Scham focht gewissermaßen einen Zweikampf aus gegen den Schreibdrang, und auch wenn ich inzwischen auf einige Bücher zurückblicken kann, so bin ich nicht sicher, wer diesen Zweikampf gewonnen hat. Wohl habe ich meine eigenen Bücher ordentlich im heimischen Bücherregal aufgereiht, doch gehöre ich noch immer nicht zu den beneidenswerten Autoren, die abends am Kamin sitzen und bei einem Glas Wein in den eigenen Werken blättern. Und dies nicht allein deshalb, weil es mir an einem Kamin mangelt. Ich neige nicht zur wohligen Selbstbetrachtung, schaue auch nicht länger als nötig in den Spiegel. Ich will von mir nicht allzuviel wissen und sehen. Jeder Friseurbesuch und jeder Kleiderkauf ist mir unangenehm. Nichts gegen Friseusen und eine anregende Kopfwäsche, und auch nichts gegen eine neue Hose.

Aber daß man beim Friseur vor einen Spiegel gesetzt wird, um sich fortlaufend anzustarren, ist eine Nötigung.

Nun ließe sich einwenden, man müsse sich vor dem Friseurspiegel ja nicht unbedingt ständig anstarren. Man könnte zum Beispiel die Augen schließen und meditieren oder in einer Zeitschrift blättern. Mir ist beides nicht gegeben. Ich kann vor keinem Spiegel Platz nehmen, ohne hineinzustarren. Wenn ich vor einem Spiegel sitze, starre ich hinein, bis mir die Augen brennen. Möglicherweise ist das ein archaischer Reflex. Ich erblicke den Feind. Oder die Beute. Je nachdem, was ich gerade für mich bin. Den Freund und Verbündeten, den ich eigentlich in mir sehen sollte, erblicke ich eher selten. Nicht beim Friseur und erst recht nicht in der Umkleidekabine. Ich bin schon aus vielen Umkleidekabinen geflüchtet. Manchmal so panisch, daß mich die Verkäuferinnen fragten, ob etwas nicht in Ordnung sei. Was hätte ich ihnen sagen sollen? Daß ich meinem Spiegelbild begegnet bin?

Fast so schlimm wie Friseurbesuche und Kleideranproben sind Fototermine. Obwohl ich mich beim Fotografiertwerden ja gar nicht sehe. Erst hinterher, beim Betrachten der Fotos, sehe ich mich. Aber ich werde gesehen, angestarrt und fixiert. So etwas ist selbst unter Fischen verpönt und wird normalerweise mit Flucht oder einem Gegenangriff beantwortet. Wäre ich eine Moräne, hätte der Fotograf nichts zu lachen. Wer einmal Konrad Lorenz oder Eibl-Eibesfeldt gelesen hat, der versteht, warum Fotografen gelegentlich Opfer von Gewalttätigkeiten werden. Die Moräne wehrt sich. Der Kugelfisch greift an. Ich habe beim Fotografiertwerden bisher auf Gegenangriffe verzichtet. Und beim Friseurbesuch auch. Ich kann ja nicht die Friseuse angreifen. Ich müßte konsequenterweise mein eigenes Spiegelbild attackieren, denn ich bin es ja selbst, der mich anstarrt.

Was hat das alles mit dem Schreiben und mit dem ersten Buch zu tun? Vielleicht ist Schreiben der Gegenangriff auf das eigene Selbst. Was natürlich dann besonders sinnvoll ist, wenn man das eigene Selbst für etwas Bedrohliches, Fremdes oder gar für einen Angreifer hält. Ich habe in der Zeit meiner Schreibanfänge oft genug so empfunden.

Ich war mir nicht der gute Vater. Ich habe nicht, um das Markus-Evangelium zu paraphrasieren, zu mir gesagt: »Du bist mein liebes Selbst, an dir habe ich Wohlgefallen gefunden.« Ich war mir vielmehr mein ärgster Feind und bin gelegentlich schreiend vor mir davongelaufen. Bis ich mich eines Tages hingesetzt und zu schreiben begonnen habe. Um nicht mehr schreiend vor mir davonzulaufen, sondern die Scham, der zu sein, der ich bin, zu überwinden und schreibend mir gegenüber standzuhalten. Insofern war das Schreiben eines Gedichts meine erste wirkliche Kulturtat. Ein Akt der Zivilisierung und Befriedung im Umgang mit mir selbst.

Wobei dieses Standhalten ganz neue Effekte der Selbstbegegnung hervorruft. Vor allem dann, wenn das Schreiben autobiographisch motiviert ist und den Persönlichkeits- und Lebensspuren des Schreibenden nachforscht. Doch ist jenes Selbst, dem man im eigenen Text begegnet, immer ein anderes und fremdes, so nahe es auch sein mag. Dafür sorgen der Stil und die literarische Form. Das kann eine große Erleichterung sein – wenn der Text denn seine Form und seinen Stil gefunden hat. Andernfalls tun sich neue Gelegenheiten auf, mit sich und der Welt im Unfrieden zu leben. Besonders wenn die Welt schreiend davonlaufen sollte vor dem eigenen Buch. Dann hat der Mensch, der Autor geworden ist, neuen Grund zur Scham.

Das war nach dem Erscheinen meines literarischen Debüts nicht der Fall. Da ein kleiner Berliner Verlag das Buch veröffentlicht hatte und es sich zudem um Gedichte handelte, wurde es von niemandem bemerkt. Und in gewisser Weise war mir dies ganz recht. Einerseits war mir nichts wichtiger als mein Buch. Andererseits war mir nichts unheimlicher, denn ich befürchtete, mit meinen Gedichten einen Akt der unfreiwilligen Selbstentblößung begangen zu haben. Ich traute meinen Kunstmitteln nicht – wie hätte ich auch? Und ich hatte noch keine Erfahrung mit den Effekten der Selbstverwandlung im Schreiben und schon gar keinen Begriff davon, daß es bei mir nichts zu entblößen gab außer den Gattungseigenschaften, die jeden Menschen auszeichnen. Ich betrachtete mich als unhintergehbares Individuum und rechnete all das meiner Individualität zu, was ich möglicherweise mit allen anderen Lebewesen teilte. Spätestens seit der Lektüre von Ernst Mayrs *Das ist Evolution* weiß ich, daß uns von der Taufliege immer noch ziemlich viel, aber eben nicht alles unterscheidet.

Natürlich weiß ich auch, daß jedes Gattungsexemplar ein Individuum ist. Dafür sorgen die Mutationen. Doch der Gattungsgedanke entlastet von zuviel Subjekthaftigkeit. Insofern sollte man ruhig an ihm festhalten. Denn zuviel Subjekthaftigkeit kann beschweren und lähmen und zu einer Subjektlast werden – auch beim Schreiben. Als Schriftsteller allerdings, sofern man nicht ein rein kommerzieller Schriftsteller ist, braucht man zugleich das Bewußtsein gesteigerter Individualität: daß das, was man sagt und schreibt, auf diese Weise von niemand anderem gesagt und geschrieben werden kann.

Ich hatte, als ich mein erstes Buch schrieb, beides nur unzureichend ausgebildet: sowohl den Allgemeinbegriff meiner selbst als auch das größenwahnsinnig anmutende, aber notwendige Selbstbewußtsein, daß das, was ich zu sagen habe, niemand sonst sagen kann. Wobei der Wahn allein nicht ausreicht. Individuell ist schließlich jeder. Das ist ein Merkmal der Gattung. Eine individuelle Stimme, die zudem noch literaturfähig ist, hat darum noch lange nicht jeder. Die Probe aufs Exempel dafür kann das erste Buch sein. Oder besser: das erste Manuskript, von dem man glaubt, es sollte gedruckt werden.

Dieses erste Manuskript kann – zumindest vorerst – über Sein oder Nichtsein der eigenen Autorschaft entscheiden. Wenn es nicht gedruckt wird, gibt es den Autor nicht, so genial der Text sein mag. Doch auch wenn es gedruckt wird und eine ISBN-Nummer erhält, gibt es den Autor vorerst nur pro forma und insofern, als er einen Eintrag im Verzeichnis lieferbarer Bücher erhält. Diesen Eintrag bekam ich. Immerhin etwas. Und gelegentlich habe ich mich seiner in einer Buchhandlung vergewissert und dabei die Vorahnung eines neuartigen Existenzgefühls gehabt. Doch ob ich es zu dem schaffen würde, was ich unter Autorschaft verstand, wußte ich nicht und zweifelte oft genug daran.

Nach vielen Wochen und nachdem ich bereits geglaubt hatte, meine literarische Wirkung beschränke sich auf die ISBN-Nummer und den Eintrag ins Verzeichnis lieferbarer Bücher, erschien eine Rezension. Und zwar im *Spandauer Volksblatt*. Es war zudem eine positive Rezension, und ich mußte feststellen, daß sie mich wochenlang bei Laune hielt, was ich zugleich ziemlich unwürdig fand: so viel Abhängigkeit von einer Rezension im *Spandauer Volksblatt*! Das *Spandauer Volksblatt* war in den Wochen und Monaten nach dem Erscheinen meines ersten Buches die wichtigste Tageszeitung für mich. Später kam noch eine ebenfalls positive Besprechung in einer Wochenzeitschrift mit dem Namen *Die Neue* hinzu, so daß für mich *Die Neue* zur wichtigsten Wochenzeitung wurde.

Das *Spandauer Volksblatt* und *Die Neue* gibt es nicht mehr. Und mein Buch auch nicht. Zumindest nicht im Verzeichnis lieferbarer Bücher. Sieben Gedichte daraus sind vor einigen Jahren in einen Band mit gesammelten Gedichten von mir aufgenommen worden. Das erschien mir einerseits ziemlich wenig. Andererseits muß ich sagen: Sieben Gedichte nach dreiundzwanzig Jahren ist so schlecht nicht. Laut Benn sollen ja nur sechs

Gedichte eines Dichters überlebensfähig sein –
und das aufs Gesamtwerk berechnet.

Gut, daß es dieses Benn-Wort gibt. Das hat sicher
schon manchen Dichter getröstet. Doch war meine Furcht als junger und sich selbst ins Schreiben
initiierender Autor nicht so sehr, keinen Erfolg zu
haben oder keine Zustimmung zu finden oder mich
gar für die Ewigkeit nicht als haltbar zu erwei-
sen. Die Hauptfurcht bestand eher darin, für das
Schreiben, das ich als eine Art Selbstüberschrei-
tung, als ein mir nicht zustehendes Heraustreten
aus der Schamzone empfand, bestraft zu werden.
Inzwischen weiß ich, daß dies durchaus möglich
ist. Denn das meiste, wovor man sich fürchtet,
kann eintreten. Ich weiß aber zugleich, daß auch
das Gegenteil eintreten kann: Belohnung. Und das
selbst dann, wenn man sie gar nicht erhofft.

Daß es eine beglückende Erfahrung ist, für das
Heraustreten aus der Schamzone auch noch belohnt zu werden, muß ich nicht eigens betonen.
Doch so erfreulich es ist, einen Literaturpreis
zu erhalten oder zu einer Poetikvorlesung eingeladen zu werden, sowenig kann es den Autor
vor seiner eigenen Zukunft – vor allem seiner

Schreibzukunft – retten. Er wird nämlich niemals zum Souverän seines Schreibens. Schreiben kann man nicht, so wie man radfahren oder schwimmen kann, wenn man es einmal gelernt hat. Wer einmal ein brauchbares Buch geschrieben hat, der kann sich nie sicher sein, es auch ein zweites Mal zu schaffen. Gleichwohl gibt es beim Schreiben Lernprozesse, wodurch immer diese ausgelöst werden. Möglicherweise durch kompetente Menschen, mit denen man leibhaftig umgeht, oder durch bevorzugte Lektüren, durch Vorbilder und das, was man Lieblingsschriftsteller nennt.

Wenn man mich heute nach meinen literarischen Vorbildern oder nach meinem Lieblingsschriftsteller fragen würde, dann würde ich zögern. Die meisten Autoren schätzen die Frage nach ihren Vorbildern überhaupt nicht. Schließlich will man nicht wie ein anderer schreiben, sondern wie man selbst. Will kein Nachahmer und Epigone sein, sondern ein Originalgenie. Was nicht heißt, daß Nachahmung nicht eine wichtige Technik zur Initiation in die literarische Tätigkeit sein kann. Wenn die Befähigung zum literarischen Schreiben nicht angeboren ist, dann läßt sie sich gegebenenfalls durch Nachahmung erwerben. Wobei dann die Fähigkeit zur Nachahmung möglicherweise angeboren ist.

Die Frage nach meinem Lieblingsschriftsteller habe ich niemals beantworten können. Und auch nicht beantworten wollen. Warum sich auf einen Autor festlegen? Lehrmeister des Schriftstellers ist schließlich die Literatur in ihrer Gesamtheit, obwohl man diese Gesamtheit nur in Bruchstücken kennt. Solch eine Antwort hat allerdings noch keinen Fragesteller befriedigt. Das Publikum möchte Namen hören, nicht mit Sachverhalten gelangweilt werden. Einen Namen kann man bei der Frage nach dem literarischen Vorbild immer nennen: Goethe. Wer Goethe sagt, liegt immer richtig. Er liegt so richtig, daß solch eine Antwort die pure Ironie ist. Die auch dann nicht verschwindet, wenn man einen zweiten Namen hinzufügt: Schiller. Wer Goethe und Schiller sagt, der zeigt unmißverständlich, daß er die Frage nach seinen Vorbildern nicht beantworten möchte, was allerdings sehr unhöflich ist. Man kann also mit Goethe und Schiller durchaus unhöflich sein.

Höflich wäre es, einen lebenden oder zumindest

einen Autor der Nachkriegsliteratur zu nennen. Da bietet sich auf den ersten Blick immer Thomas Bernhard an. Welcher Schriftsteller meiner oder der jüngeren Generation hatte oder hat nicht Thomas Bernhard zum Vorbild. Bernhard ist als Vorbild so naheliegend, daß man ihn eigentlich gar nicht mehr zu nennen brauchte. Insofern ist es für jeden, der sich zu Bernhard nicht bekennen will, ihn aber dennoch zum Vorbild hat, besser, Bernhard zu nennen, als ihn nicht zu nennen. Wer Bernhard sagt, zeigt, daß er kein Problem damit hat, Bernhard zu sagen. Wer Bernhard nicht sagt, zeigt, daß er eventuell ein Problem damit hat, Bernhard zu sagen.

Ich habe mal Bernhard gesagt und mal nicht Bernhard gesagt. Früher. In den letzten Jahren ist Bernhard ein wenig aus meinem Blickfeld verschwunden. Dafür sind andere Autoren wieder wichtiger geworden. Autoren, die schon vor meiner ersten Bernhard-Lektüre wichtig waren. Die nicht in die Pubertät, sondern in die Kindheit meiner Schriftstellersozialisation gehören. Ich schließe nicht aus, daß – von lebensgeschichtlichen Umständen und psychischen Dispositionen einmal abgesehen – vor allem zwei Autoren auf ihre Weise an der Nötigung zu schreiben beteiligt waren. Oder, um es positiv zu formulieren, dem eigenen Schreibimpuls zur Durchsetzung verholfen haben. Der eine war Wolfgang Koeppen und der andere Peter Weiss. Beide konnte ich nicht meine Vorbilder nennen. Dazu fehlte mir ein festes und idealisch-gesichertes Bild von ihnen. Ich hatte kein Wolfgang-Koeppen-Bild. Ich hatte auch kein Peter-Weiss-Bild. Aber ich erinnere mich, daß mich Koeppens sprachliche Musikalität von Anfang an beeindruckt hat, noch ehe ich recht wußte, um was für eine Art Schriftsteller es sich bei ihm handelte.

Doch fiel *Jugend*, das erste Buch, das ich von Koeppen las, genau in die Zeit, als ich meinem Schreibwunsch nicht länger widerstehen wollte. Ich war vierundzwanzig, studierte Germanistik und schrieb heimlich Gedichte. Neben der Musikalität Koeppens faszinierte mich natürlich auch der Stoff. Der junge Mann aus der Provinz, der hinauswill in die Welt, die vor allem eine Welt der Sprache und der Literatur ist. Der junge Mann aus der Provinz, der bereits als kleiner Junge ein

Schild an seine Tür gehängt hatte, auf dem zu lesen stand: »Herr Tod, Literat«.

So stellte ich mir einen Schriftsteller vor: aufbruchbereit und todesbewußt. Später kam noch das Wissen um seine Biographie und sein sogenanntes Schweigen hinzu. Koeppens Schweigen interessierte mich. Auch wenn es möglicherweise eine Erfindung des Feuilletons war. Immerhin hatte er in den dreißiger wie in den fünfziger Jahren mehrere Romane, außerdem Reisebücher, Essays, Artikel und anderes geschrieben. Koeppens frühe Romane sah ich in den siebziger Jahren als *suhrkamp taschenbücher* in den Buchhandlungen, und sie kamen mir wie Neuerscheinungen vor. *Jugend* war eine Neuerscheinung. Und trotzdem schwieg Koeppen, wenn man den Zeitungen glauben wollte.

Ich habe später über Koeppen gearbeitet, wie man so sagt, und am Ende sogar meine Doktorarbeit über ihn geschrieben. Und dabei gelernt, daß Koeppen sowohl geschrieben als auch geschwiegen, das heißt: eine ganze Reihe von Romanen wohl geplant, aber nicht geschrieben hat. Vor allem nicht den »Großen Roman«. Im Unterschied zu Wolfgang Koeppen hat Peter Weiss seinen großen Roman geschrieben. *Die Ästhetik des Widerstands*, deren erster Band im Herbst 1975 und ein Jahr vor Koeppens *Jugend* erschienen und von uns Germanistikstudenten und einigen Professoren, meinen Doktorvater eingeschlossen, geradezu heißhungrig aufgenommen und unmittelbar in Studium, Lehre und Forschung überführt worden ist. *Die Ästhetik des Widerstands* war ein Buch, vor dem ein Mensch wie ich mit meinem drängenden, aber gehemmten und unausgegorenen Schreibwunsch sozusagen in die Knie gegangen ist. Vor allem vor dem Anfang der *Ästhetik des Widerstands* war ich in die Knie gegangen, und ich versage es mir nur unter größten Anstrengungen, diesen Anfang, eine Beschreibung des Pergamonaltars, hier seitenlang zu zitieren: »Rings um uns hoben sich die Leiber aus dem Stein, zusammengedrängt zu Gruppen, ineinander verschlungen oder zu Fragmenten zersprengt ...«

Die monumentale *Ästhetik des Widerstands* war Peter Weiss' letztes Prosawerk. Der *Ästhetik des Widerstands* sind mehr als ein Jahrzehnt zuvor zwei Erzählwerke vorangegangen: *Abschied von den Eltern* und *Fluchtpunkt*. Wenn ich heute nach einem Lieblingsbuch gefragt werde, dann nenne ich ohne Zögern *Abschied von den Eltern*. Ob ich aus der Erzählung für mein eigenes Schreiben etwas gelernt habe, vermag ich nicht zu sagen. Ich weiß allerdings, daß Peter Weiss der Autor war, der mir ermöglicht hat, eine Staatsexamensarbeit zu schreiben. Sie trug den Titel *Die Suche nach der Identität in den autobiographischen Romanen von Peter Weiss*. Wenn mir Peter Weiss meine Staatsexamensarbeit ermöglicht hat, dann hat mir Wolfgang Koeppen meine Doktorarbeit ermöglicht. Letzterem habe ich sie dann sogar geschenkt, als ich ihn in München aufsuchte, um an der Werkausgabe, die 1986 in sechs Bänden erschienen ist, mit ihm zu arbeiten. Ich bin nicht sicher, ob er sich darüber gefreut hat. Für einen ziemlich langen Moment schwebte meine Doktorarbeit über Koeppen zwischen Koeppen und mir, bevor er sie endlich an sich nahm.

Ich habe danach nie wieder Kontakt mit Koeppen gehabt. Und er auch nicht mit mir. Wer will schon Kontakt mit jemandem haben, der über einen eine Doktorarbeit geschrieben hat. Heute bin ich froh, daß ich Peter Weiss nicht meine Staatsexamensarbeit geschenkt habe. Was ich durchaus hätte tun können, denn ich bin von meinem Doktorvater einmal mit ihm bekannt gemacht worden. Es war im Foyer der Westberliner Akademie der Künste, wo ich Peter Weiss die Hand geschüttelt habe und wo mich sein Blick ungefähr eine Zehntelsekunde lang streifte. Vielleicht war es auch nur eine Nanosekunde. Als ich ihm die Hand schüttelte, schwebte zwischen uns für einen kurzen Moment der Satz *Die Suche nach der Identität in den autobiographischen Romanen von Peter Weiss*. Ich habe den Satz dann wieder an mich und mit nach Hause genommen und dort den starken Eindruck gehabt, als hätte ich, während ich Peter Weiss die Hand schüttelte, im Hintergrund auch Jean Améry sitzen sehen.

Vielleicht wäre ohne Peter Weiss und Wolfgang Koeppen nie ein Mensch mit einem akademischen Abschluß aus mir geworden. Obwohl ich zur Not natürlich eine Staatsexamensarbeit mit dem Titel *Die Suche nach der Identität in den Romanen von Max Frisch* hätte schreiben können. Doch hatte mich Max Frisch damals nicht interessiert, und was einen nicht interessiert, darüber sollte man keine Examensarbeit schreiben. Eine Maxime, an die sich so mancher meiner Kommilitonen nicht gehalten hat. Ich hätte mich daran gehalten, also hätte es keinen Ausweg für mich gegeben. Denn mich interessierte damals für einige Zeit hauptsächlich Peter Weiss, so wie mich einige Jahre später für einige Zeit hauptsächlich Wolfgang Koeppen interessierte. Beide haben mich und die übrige Menschheit davor bewahrt, einen handwerklichen Beruf zu ergreifen oder, um es mit den Worten meines die rechte Armprothese schwingenden Vaters zu sagen, in der Wurstfabrik zu landen. Ganz so, wie es einem Flüchtlings- und Vertriebenenjungen angemessen war.

4

Ich würde gern in alten Sachen stöbern. Die Kommode der Großeltern. Die Kassette mit dem Familienschmuck. Die Aussteuer der Mutter. Die Bücher des Vaters. Sofern er Bücher besaß. Oder auch seine Schulzeugnisse. Aber es gibt keine Bücher, keine Kassette, keine Schulzeugnisse und keine Aussteuer. Es ist nichts da. Also stöbere ich in dem, was nicht da ist. In einem Protokoll der Stadtverwaltung meines ostwestfälischen Geburtsortes heißt es über meine gerade aus dem Osten eingetroffenen und nach Unterkunft suchenden Eltern, sie seien »ohne jegliche Habe« gewesen. Was aber nicht bedeutet, daß sie nicht doch etwas mitgebracht hatten. Und das waren jede Menge Verlusterfahrungen. Das war, neben dem Verlust der Heimat, wenn es denn eine gewesen war, vor allem der Verlust des erstgeborenen Sohnes.

Und das war schließlich der Verlust ihres autobiographischen Gedächtnisses. Zumindest habe ich nichts von ihnen erfahren, was auf die Existenz eines solchen Gedächtnisses schließen ließ.

Gemeinhin wird in der Traumatheorie das traumatische Erleben als das eines »Zuviel« beschrieben, als eine Überforderung, die nicht verarbeitet werden kann. Wenn ich mich in der Mitte der neunziger Jahre am *Verlorenen* schreibend der Familienvergangenheit zugewandt habe, dann vor allem, weil dieses traumatisierende Zuviel der Eltern sich in mir selbst als ein Mangel und eine Art Leerstelle festgesetzt hatte. Wo bei den Eltern zuviel war, war bei mir selbst zuwenig. Und manchmal auch nichts. Doch dieses Nichts schmerzte und wollte behandelt werden. Wie ein Loch im Zahn, das zu einem unablässig pochenden Schmerz führt und das gefüllt werden muß. Am besten mit einer Geschichte.

Doch auch nachdem die Geschichte geschrieben und zu einem Buch geworden war, beruhigte sich das Pochen nicht, und ich begann, meinem eigenen Buch hinterherzurecherchieren und einen Brief an den Suchdienst des Roten Kreuzes zu schreiben, um einen Suchantrag zu stellen. Ich wollte den Verlorenen finden, obwohl es ihn doch inzwischen sozusagen schon als Taschenbuch gab. Aber nun wollte ich kein Buch mehr, sondern den wirklichen

Menschen. Das Rote Kreuz schrieb mir zurück, ein neuer Suchantrag sei nicht nötig. Der Suchantrag laufe noch. Seit nunmehr einem halben Jahrhundert. Wenn es etwas Neues gäbe, würde man mich benachrichtigen. Und zugleich bot man an, wenn ich es wünschte, mir die gesamte Akte einschließlich der Korrespondenz zwischen dem Suchdienst und meinen Eltern zu kopieren und zuzuschikken.

Ich wünschte es und erhielt einen Brief mit allen Unterlagen. Der Brief war nicht frankiert, er trug den Aufdruck *Kriegsgefangenenpost*. Und das im Jahr 2002. Mir war nicht bewußt, daß im Jahr 2002 noch Post in Deutschland mit dem Aufdruck *Kriegsgefangenenpost* freigemacht wird. Und es hatte auf mich die Wirkung, als würden plötzlich die historischen Zeiten in sich zusammenschnurren. Als ich während eines Interviews für ein Büchermagazin des Bayerischen Fernsehens anläßlich von *Menschenflug*, worin ich dieses Motiv ja aufgenommen hatte, darüber sprach, der Stempel *Kriegsgefangenenpost* sei mir wie ein Hinweis darauf vorgekommen, daß wir offensichtlich noch immer in der Nachkriegszeit lebten, erhielt ich einige Tage darauf einen Brief von einem Kenner der Materie, der mir den Sachverhalt erläuterte.

Der Mann schrieb, ich hätte in einem Fernsehinterview meine Verwunderung darüber zum Ausdruck gebracht, daß der Suchdienst des Deutschen Roten Kreuzes Briefe mit dem Vermerk *Kriegsgefangenenpost* versende. Darum wolle er mich darüber informieren, daß der Weltpostverein, eine Unterorganisation der Vereinten Nationen, in Artikel 8, Absatz 3 des Weltpostvertrages die Postgebührenfreiheit für die Post von Kriegsgefangenen und Zivilinternierten sowie von besonders genannten Stellen regele. Die Internationale Suchstelle des Roten Kreuzes gehöre gemäß den Genfer Konventionen über die Behandlung von Kriegsgefangenen und über den Schutz von Zivilpersonen in Kriegszeiten zu diesen Auskunftsstellen, deren mit einem entsprechenden Vermerk versehene Post gebührenfrei sei. Der Vermerk *Kriegsgefangenenpost* habe also für die befördernde Deutsche Post AG die einfache Bedeutung der Entgeltbefreiung und keine sonstige tiefere Bedeutung, wie ich vielleicht angenommen habe.

Er hoffe darum auch, daß ich, wenn ich nunmehr auf Lesereise gehe, mein Publikum zu diesem Punkt kundig informieren werde.

Den Namen des Briefschreibers nenne ich nicht. Obwohl ich nicht wenig Lust dazu hätte. Einschließlich Adresse. Vielleicht hat ja noch jemand Fragen zum Weltpostvertrag, es gibt ja nicht nur den Absatz 3 des Artikels 8. Und ich bin sicher, daß der Mann auch noch einiges über den Postpaketvertrag, das Wertbriefabkommen sowie das Postanweisungsabkommen mitzuteilen wüßte.

Ich hatte ein wenig gereizt auf diesen Brief reagiert. Und zwar deshalb, weil ein Gutteil der Briefe, die ein Autor bekommt, nicht etwa Briefe von Lesern sind, die dem Autor für die tiefen Wirkungen danken, die sein Buch bei ihnen ausgelöst hat. Die meisten Briefe sind mehr oder weniger gut getarnte Bescheid- oder gar Besserwisserbriefe. Einmal meinte jemand entdeckt zu haben, daß ich in einer Textpassage über das Schweineschlachten irgendeinen Körperteil des Schweins falsch benannt habe. Die Hinterrippe mit der Vorderrippe verwechselt – etwas in der Art. Ein anderes Mal hat mich jemand über die verschiedenen Gehaltsstufen von evangelischen Pastoren und evangelischen Pfarrern aufgeklärt. Da hatte ich anscheinend die Gehaltsstufe A13 mit der Gehaltsstufe A14 verwechselt. Oder umgekehrt. Wobei ich mich wundere, daß ich mich in einem literarischen Text überhaupt mit dem Unterschied von Pastoren und Pfarrern beschäftigt habe. Ganz toll hat es einmal eine Leserin getrieben, die in dem erwähnten Roman *Der irdische Amor* alle Buch- und Filmtitel, Eigennamen sowie Fremdworte beziehungsweise fremdsprachlichen Begriffe überprüft und eine ansehnliche Liste an Fehlern gefunden hat. Ich werde diese Fehlerliste jetzt nicht im einzelnen vorstellen, aber ich kann soviel verraten, daß der Dame beispielsweise aufgefallen ist, daß ich einem Pasolini-Film den falschen Titel gegeben habe: im Buch hieß der Film *Salò oder Die 100 Tage von Sodom*. Der richtige Titel dagegen lautet: *Salò oder Die 120 Tage von Sodom*. Eine läßliche Sünde, scheint mir, zumal *Die 100 Tage von Sodom* zumindest im Deutschen rhythmisch besser klingt als *Die 120 Tage von Sodom*. Dennoch sollte solch ein Fehler nicht passieren. Da hat die kritische Dame ganz recht. Und für Fehlerfanatiker unter den Lesern ist so ein Irrtum natürlich ein gefundenes Fressen. Ich habe die Fehlerliste gleich ans Lektorat weitergeschickt, warum soll ich allein unter solchen Leserbriefen leiden, und für die Taschenbuchausgabe wurde alles korrigiert. Nun findet sich höchstwahrscheinlich kein einziger Fehler mehr im *Irdischen Amor*, was ich nicht zuletzt aus der Tatsache schließe, daß ich zu dem Buch keinen einzigen Leserbrief mehr bekommen habe.

Der Brief des Suchdienstes mit dem Aufdruck *Kriegsgefangenenpost* enthielt unter anderem ein Foto, die Blutgruppe und den Namen des Findelkindes 2307, das in meinem Buch eine so familienbeherrschende Rolle spielt und von dem meine Mutter vollkommen sicher war, es handele sich um ihr verlorenes Kind. Ich hatte das Kind vorher noch nie gesehen. In den Akten, die mir bis dahin zur Verfügung gestanden hatten und die ich für den *Verlorenen* benutzt hatte, war kein Foto des Kindes gewesen. Und auch der Name des Kindes wurde dort nicht genannt. Das Kind existierte dort nur als Findelkind 2307. Nun hatte es einen Namen und ein Gesicht. Das Kind war blond und blauäugig – und es ähnelte mir. Ich würde unzulässig dramatisieren, wenn ich behauptete: Ich sah mein Spiegelbild vor mir. Aber ich mußte feststellen: Der ungefähr zehn- oder zwölfjährige Junge, der mich aus der Akte anblickte, hatte eine Ähnlichkeit mit dem Jungen, der ich im gleichen Alter gewesen war. Blond, mutmaßlich blauäugig (es war ein Schwarzweißfoto), eher weiche Konturen und irgendwie russisch-polnisch beziehungsweise ukrainisch-wolhynisch.

Da ich nun auch den Namen des Findelkindes 2307 wußte, machte ich mich auf die elektronische Suche nach seiner Adresse und hatte diese nach wenigen Augenblicken gefunden. Samt Wohnort und Straße und weder von Berlin noch von Leipzig besonders weit entfernt. Der Name ist so selten, daß es ihn nur ein einziges Mal im deutschen Telefonverzeichnis gibt. Ich nahm mir vor, den Mann zu besuchen, ihm sein Foto zu zeigen und ihn darum zu bitten, einen Gentest machen zu lassen. Dann würde ich endlich wissen, was meine Eltern trotz jahrelanger Suche niemals herausgefunden haben. Und dies mit den einfachsten Mitteln. Jetzt war keine Körperbau-

untersuchung mehr notwendig. Kein anthropo-
logisch-erbbiologisches Abstammungsgutachten,
dem sich meine Eltern noch unterziehen mußten.
Ich wollte dem Mann sagen, seine Bauchfettwer-
te würden ebensowenig ermittelt wie die relative
Kieferwinkelbreite, die Stirnbreite, Jochbeinbreite
oder die Nasenrückenlänge; auch würde der Ab-
winkelungsgrad des Ohrläppchens gegenüber der
Ohrebene nicht gemessen werden. Nicht einmal
Fingerabdrücke müßte man ihm abnehmen. Ein
Tropfen Blut oder eine Speichelprobe würden rei-
chen. Und die Frage, die meine Eltern jahrzehntelang gequält hatte, wäre endlich beantwortet.
Aber ich habe den Mann nicht besucht. Ich habe
statt dessen den Roman *Menschenflug* geschrieben, in dem ein Mann meines Alters und an der
Freien Universität Berlin im Bereich Deutsch als
Fremdsprache tätig, seinen mutmaßlichen verlorenen Bruder besucht, nachdem er dessen Namen
in Unterlagen des Suchdienstes gefunden hat.
Ich hatte mir vorgenommen, erst den Roman
zu schreiben und dann den Mann zu besuchen.
Nachdem der Roman geschrieben war, hatte ich
mir vorgenommen, erst die Taschenbuchausgabe

des Romans abzuwarten, bevor ich das Findelkind 2307 besuchte.

Obwohl die Bezeichnung Findelkind 2307 authentisch ist, ist sie für mich zu einer literarischen Chiffre geworden. Zu einer Chiffre für ein zentrales Motiv meiner literarischen Arbeit. Soll ich etwa ein zentrales Motiv meiner literarischen Arbeit besuchen? Soll ich an die Haustür eines literarischen Motivs klopfen und es fragen, ob es sich bei ihm vielleicht um meinen am 20. September 1943 geborenen und im Januar 1945 verlorengegangenen Bruder Günter handeln könnte?

Die Antwort auf diese Frage ist inzwischen beantwortet. Ich komme darauf später zurück. Im Moment steht sie aus. Und daß sie aussteht, hängt mit dem zusammen, was ich für meine biographische Störung halte. Diese Abwehr gegen alles Vergangene – die ich als mein signifikantestes Erbteil betrachte, welches mich allerdings in heillose innere Widersprüche verstrickt. Denn nichts rückt mir so nah auf den Leib wie das, was ich fortlaufend abzuwehren versuche.

Vielleicht sollte man neben den Begriff der transgenerationellen Traumatisierung den der transgenerationellen biographischen Verleugnung stellen. Gemeint ist die mentale und psychische Vererbung einer Haltung, die darauf zielt, biographische Erfahrung um jeden Preis abzuwehren, so paradox dies klingen mag. Nicht anders kann ich mir die Hemmung erklären, mich um meinen verlorenen Bruder zu kümmern. Und damit hängt wohl auch die eigene biographische Bodenlosigkeit zusammen, eine Art Seelenblindheit für das, was man den Lebenslauf nennt, ein Morbus biographicus, wenn es diesen Befund denn gäbe. Wobei sich diese höchstwahrscheinlich früh erworbene Unfähigkeit, vergehende Lebenszeit in biographische Erfahrung zu verwandeln, am stärksten bei der Erinnerung an die eigene Kindheit zeigt.

Wenn man mich in gewissen Zeiten nach meinen Kindheitserinnerungen gefragt hätte, hätte ich möglicherweise geantwortet: Ich? Kindheitserinnerungen? Nie gehabt! Und wenn man mich fragt, warum das so sei, würde ich möglicherweise antworten, daß ich nicht nur keine Kindheitserinnerungen, sondern auch keine Kindheit gehabt habe. Wobei ich allerdings nicht so weit gehen möchte wie Wolfgang Koeppen, der sich selbst einmal einen Surrealisten in eigener Sache genannt und behauptet hat, er sei gar nicht so sicher, ob er überhaupt geboren worden sei. Ich würde mich im Gegenteil als einen Realisten in eigener Sache betrachten. Und als geboren betrachte ich mich auch.

Meine Kindheit freilich, wenn ich denn eine gehabt habe, war für mich so etwas wie ein sich selbst verzehrender Prozeß. Die Schlange, die sich selbst hinunterwürgt, noch ehe sie aus dem Ei schlüpft. Da war keine Kindheit, da waren allenfalls schlechte Nachahmungsversuche, billige Fälschungen von Kindheit, an die ich mich ebenfalls nicht oder nur sehr unzureichend erinnern kann. Allerdings sind diese schlechten Nachahmungsversuche in einem Fotoalbum dokumentiert, das sich erstaunlicherweise erhalten hat. Das Album hat das Format einer Zigarettenpackung, einen blaugrauen, leicht schimmligen Ledereinband und ist voll mit meinen Kinderfotos. Es muß irgendwann einmal feucht geworden sein. Vielleicht hat es im Keller gelegen. Oder im Geräteschuppen.

Ich weiß nicht mehr, wann das Album in meinen Besitz gelangt ist. Ich kann mich nicht mehr daran erinnern. Ich kann mich auch an keines der Ereignisse erinnern, die auf den Fotos festgehalten sind. Meine Taufe zum Beispiel. Doch wer erinnert sich schon an die eigene Taufe. Allerdings kann ich mich auch an die Kindergeburtstage nicht erinnern, die auf den Fotos dokumentiert sind. An keinen einzigen. Ich wüßte nicht, wann ich als Kind jemals einen Kindergeburtstag gefeiert hätte. Höchstwahrscheinlich habe ich den überhaupt nicht gefeiert, meine Geburtstage vielmehr im Geräteschuppen oder hinter dem Hühnerstall verbracht. Oder mich in den schmalen Durchgang mit der Abwasserrinne zwischen unserem und dem Nachbarhaus verkrochen. Ich kann auch nicht ausschließen, daß ich an meinen Geburtstagen am Ufer des Baches gewesen bin, der durch den Stadtpark floß und dessen Wasser von milchigen Schlieren durchzogen war, die von der Margarinefabrik stammten.

Die Fotos behaupten allerdings das Gegenteil. Auf den Fotos sehe ich mich bei schönstem Sonnenschein auf dem asphaltierten und von Blumenbeeten gesäumten Hof meines Elternhauses gemeinsam mit anderen Kindern meinen Geburtstag feiern. Auf einem Foto trage ich ein Holzschwert in der Hand. Auf einem anderen sitze ich auf einem Dreirad. Ein weiteres Foto zeigt mich auf einem Schaukelpferd. So muß es im Hause Goethes oder Thomas Manns zugegangen sein. Aber bei uns? Ich jedenfalls kann mich an Holzschwert, Schaukelpferd oder Dreirad nicht erinnern. Ich kann mich allenfalls daran erinnern, daß die anderen Kinder so etwas hatten. Die wurden förmlich überschüttet mit Holzschwertern, Schaukelpferden und Dreirädern.

Ich nicht. Ich wurde nicht überschüttet. Ich hatte gar nichts. Kein Schaukelpferd, kein Dreirad, keinen Kindergeburtstag und auch keine Kindheit. Ich bin noch nicht einmal sicher, ob ich überhaupt Eltern hatte. Obwohl ich nicht ausschließen kann, daß irgend jemand für mich gekocht hat. Wenn ich mittags von der Schule nach Hause kam, stand meistens das Essen auf dem Tisch. Irgendwer muß das Essen zubereitet haben, das ich immer mit Heißhunger und in Minutenschnelle verspeist habe. Im Grunde ist das von mir heißhungrig verspeiste Mittagessen die einzige verläßliche Erinnerung an meine Kindheit. Allerdings kann ich mich an die einzelnen Gerichte nicht mehr erinnern. Für mich war alles Fleisch und Kartoffeln mit Soße. Von Fleisch und Kartoffeln mit Soße konnte ich gar nicht genug haben, so daß ich ein überaus dickes Kind wurde.

Den Fotos im Album nach zu urteilen sah ich eher normal aus. Meiner Erinnerung nach war ich ein dickes Kind. Ich war so dick, daß ich im Grunde gar nicht in den Häuserspalt mit der Abwasserrinne hineinpaßte. Auch ein Dreirad hätte mich nicht ausgehalten. Es hätte schon eine Sonderanfertigung sein müssen. Vom Schaukelpferd ganz zu schweigen. Ich war das dickste Kind unserer ganzen Nachbarschaft. Möglicherweise sogar der Stadt. Wenn ich ins Schwimmbad ging, dann standen alle um mich herum und sagten »Dicker« zu mir. Oder »Fetter«. Oder auch: »Laß dich mal operieren!«

Ich ging dann nicht mehr ins Schwimmbad. Ich ging nach Hause und hätte mich am liebsten operiert. Ich hätte mir am liebsten die Haut samt Speckfalten vom Leibe gezogen. Aber ich war zu feige dazu. Einmal habe ich mir mit dem Taschenmesser ein Stück Hüftspeck herausschneiden wollen, habe es dann aber doch sein lassen und statt dessen damit begonnen, Fußballbilder zu sammeln. Ich hatte die meisten Fußballbilder in der Nachbarschaft. Fürchterliche Bilder von fürchterlichen Mannschaften wie dem FK Pirmasens oder Rot-Weiß Oberhausen, die ich stunden-, ja tagelang betrachten konnte. Sie waren mein ganzes Glück.

Leider sind sie verschwunden. Wie alles, was mir in der Kindheit wichtig war. Der schmale Durchgang mit der Abwasserrinne zwischen unserem Haus und dem Nachbarhaus existiert auch nicht mehr, weil es unser Haus nicht mehr gibt. Das Nachbarhaus ist ebenfalls verschwunden. Es gibt auch den Ort nicht mehr. Zumindest erkenne ich ihn bei meinen gelegentlichen Besuchen nicht wieder. Wo früher eine Fleischfabrik stand, ist jetzt eine Kunstgalerie. Der Bach mit den Margarineschlieren ist blau wie das Mittelmeer. Die einst grauverputzten Häuser tragen ein Fachwerk mit neogotischen Giebeln, die Gehwege sind mit Terrakotta gepflastert, und an den Straßenrändern liegen Findlinge, als wäre hier einst ein Gletscher geschmolzen.

Meine Heimatstadt sieht jetzt aus wie ein Urlaubsort im Tessin oder am Gardasee, dabei befindet die Stadt sich in Norddeutschland. An einem Ort wie diesem kann ich unmöglich meine Kindheit verbracht haben. Fehlen nur noch Palmen und mandolinespielende Passanten. Hätte ich in einem Ort wie diesem meine Kindheit verbracht, dann hätte ich niemals eine Italiensehnsucht entwickelt. Ich habe aber eine Italiensehnsucht entwickelt. Wie Goethe. An dem Ort, wie er heute ist, hätte ich wahrscheinlich eine Finnland- oder Schwedensehnsucht entwickelt. Wer heute in Norddeutschland lebt, der sehnt sich nach dem Norden, weil norddeutsche Kleinstädte inzwischen wie oberitalienische Urlaubsorte aussehen.

Ich kann auch unmöglich, wie es auf zahlreichen der Fotos zu sehen ist, einen Märchenwald besucht haben. Einschließlich Sommerrodelbahn. Das Fotoalbum ist voll mit Fotos, auf denen ich im Märchenwald und auf der Sommerrodelbahn zu sehen bin. Es muß sich um Fälschungen handeln. Wahrscheinlich ist das Bild von meiner Taufe gleichfalls eine Fälschung. In einem quergestreiften Strickwams stehe ich gemeinsam mit Schneewittchen und den sieben Zwergen im Märchenwald. Meines Wissens stand ich niemals neben Schneewittchen und den sieben Zwergen. Genausowenig wie ich mich daran erinnern kann, jemals auf der Sommerrodelbahn gewesen zu sein.

Ich kann mich aber sehr gut daran erinnern, daß ich mir gewünscht habe, einmal den Märchenwald einschließlich Sommerrodelbahn zu besuchen. Ich habe mir in meiner Kindheit nichts sehnlicher gewünscht als den Besuch des Märchenwaldes einschließlich Sommerrodelbahn. Gefleht und gebettelt habe ich darum, nur ein einziges Mal den Märchenwald und die Sommerrodelbahn aufsuchen zu dürfen.

Irgendwann haben meine Eltern dann nachgegeben. Aber da war es schon zu spät. Da wollte ich nicht mehr in den Märchenwald und auf die Sommerrodelbahn. Von dem Tag an, als ich nicht mehr in den Märchenwald und auf die Sommerrodelbahn wollte, ist meinen Eltern nichts anderes eingefallen, als Sonntag für Sonntag dorthin zu fahren. Beides befand sich in Ibbenbüren. Im

Sommer rodeln. Wer will das schon. In Ibbenbüren. Ich jedenfalls nicht.

Ich hatte als Kind insgesamt keine besonderen
Wünsche. Am liebsten saß ich ungestört im asphaltierten Hof auf einem Stuhl oder noch besser
auf einem leeren Pappkarton und betrachtete den
Himmel. Und trug dabei meine neue Sonnenbril-
le. Ich trug als sehr kleines Kind Sonnenbrillen.
Das kann man auch auf einigen der Fotos sehen.
Es waren Sonnenbrillen aus Plastik. Weiße Pla-
stikgestelle mit dunkelgrünen Plastikgläsern. Alles war dunkelgrün um mich herum. Die Eltern,
das Essen, das Haus und auch der Hund – alles
dunkelgrün und verschwommen. Man konnte
diese Brillen am Kiosk kaufen und sah durch sie
fast nichts mehr. Aber ich sah verdammt gut aus
damit. Fett, aber gut.

Ich wünschte, ich könnte dies für meine Kindheit
insgesamt sagen. Aber das wäre gelogen. Meine
Kindheit war nicht gut. Darum habe ich sie auch
vergessen. Den Kindergarten zum Beispiel. Ich habe mir sagen lassen, daß ich jahrelang in den Kindergarten gegangen bin. Aber ich kann mich nicht
mehr daran erinnern. Das einzige, woran ich mich

erinnern kann, ist die Brottasche mit dem Mittagsbrot. Heutzutage wird den Kindern ja ein warmes
Essen in den Kindergärten gereicht. Damals gab
es ein selbstgeschmiertes Mittagsbrot. Die Brottasche hatte einen eisernen Drehverschluß und
war aus braunem Leder, das sich so ähnlich an-
fühlte wie das Leder meines Fotoalbums. Ich spüre die Noppen und Poren des Leders heute noch
auf den Fingerkuppen. Und ich spüre auch noch
den eisernen Drehverschluß, denn ich habe den
Verschluß auf dem Weg zum Kindergarten wohl
Hunderte Male auf- und zugedreht.
Ich hätte so gern das Brot gegessen. Aber ich durfte nicht. Schon während ich aus dem Elternhaus
trat, hätte ich gern das Brot gegessen. Und natürlich auch auf dem Weg Richtung Kindergarten,
der nicht über die Straße führte, sondern durch
eine Art Privatweg zwischen den Nachbargärten
hindurch, den die Leute Pättgen oder Pättchen
nannten. Ich ging durchs Pättgen oder Pättchen
in den Kindergarten. Später ging ich auch durchs
Pättgen oder Pättchen in die Volksschule. Ins
Gymnasium fuhr ich mit dem Fahrrad über die
Umgehungsstraße, was auch ziemlich trostlos

war. Dann schon lieber das Pättgen oder Pättchen, obwohl ich kein Anhänger des Plattdeut-
schen bin.

Ich ziehe das Hochdeutsche vor. Habe schon als
Kind das Hochdeutsche vorgezogen und mich
über die Typen geärgert, die mich plattdeutsch
angeredet haben. »Laß dich mal operieren!« auf
plattdeutsch. Das hört sich nicht sehr sympa-
thisch an. Ich mag auch kein altes Gemüse wie
Stielmus, Steckrüben, Pastinaken und solche Sachen. Mochte ich schon als Kind nicht. Obwohl
das damals und während meiner Kindheit noch
nicht als altes Gemüse galt. Bis auf die Pastinaken. Die waren auch vor fünfzig Jahren schon
alt. Aber Steckrüben nicht. Und Schwarzwurzeln
auch nicht.

Schwarzwurzeln hätten eine Spezialität der alten
Frau sein können, die in meinem Elternhaus lebte. Meine gesamte Kindheit hindurch lebte eine
alte Frau in meinem Elternhaus, die aber nicht
meine Großmutter war, sondern die Vorbesitzerin
des Hauses, die das Haus den Eltern verkauft und
dafür unter anderem ein lebenslanges Wohnrecht
erhalten hatte. Ich würde gern einige Geschichten

von ihr erzählen. Daß sie Kettenraucherin war.
Oder Kautabak kaute. Daß sie nachts schlaflos
umherging und nicht nur mich, sondern die ganze Familie erschreckte. Daß sie erzkatholisch war.
Oder erzprotestantisch. Oder eine lüsterne Hexe,
die kleinen Jungs nachstellte. Oder daß sie von
morgens bis abends altes Gemüse putzte und uns
mit gedämpften Pastinaken vollstopfte. Doch
nichts von alledem ist wahr. Das einzige, was ich
von der alten Frau berichten kann, ist, daß sie
immer, wenn ich an ihrer Tür vorbeiging, die Tür
aufriß und mir zurief: »Ach, du bist es!«
Darin erschöpfte sich mein Kontakt mit alten
Menschen. Eine Großmutter hatte ich nicht. Einen Großvater auch nicht. Auch in meinem Fotoalbum findet sich kein Großvater und keine
Großmutter. Auf den Fotos in dem Fotoalbum
bin immer nur ich und meine Eltern oder wenigstens ein Elternteil abgebildet. Oder Tanten und
Onkel. Oder Nachbarn. Oder die anderen Kinder, die auf den Kindergeburtstagen waren.
Auf einem der Kindergeburtstage bin ich als Mädchen verkleidet, wofür ich mich noch heute zutiefst
schäme, obwohl ich mich nicht daran erinnern

kann. Aber es handelt sich bei diesem Kind im Kleid und mit Kopftuch ganz eindeutig um mich. Was haben sich die Eltern nur dabei gedacht. Eines Tages haben sie mich aus dem Spalt mit der Abwasserrinne oder hinter dem Hühnerstall hervorgezerrt und mich als Mädchen verkleidet. Man kann sich denken, wie die anderen Kinder darauf reagiert haben. Fetter Junge mit Plastiksonnenbrille im Kleid und mit Kopftuch. Da wäre ein »Laß dich mal operieren« wirklich angebracht gewesen. Egal ob auf Hoch- oder Plattdeutsch.

Ich gehe davon aus, daß dieser Kindergeburtstag mein schlimmster gewesen ist. Obwohl ich mich nicht mehr daran erinnern kann. Oder gerade deshalb. Ich werde mir auch das Foto nicht mehr ansehen. Ich werde das Foto vernichten. Es gibt keine Negative von den Fotos. Ich wollte niemals ein Mädchen sein. Ich wollte allenfalls ein Mädchen haben. Natürlich noch nicht als Kind. Aber als Pubertierender schon. Die Pubertät war nicht zuletzt deshalb noch viel schlimmer als meine Kindheit. Diese Sehnsucht nach Mädchen.

Gegen meine pubertäre Sehnsucht nach Mädchen war meine kindliche Sehnsucht nach dem

Butterbrot aus der ledernen Brottasche rein gar nichts. Obwohl ich das als Kind natürlich nicht so empfunden habe. Als Kind waren alle meine Sehnsüchte genauso stark empfunden wie meine Sehnsüchte als Pubertierender oder Halbwüchsiger. Halbwüchsig! Halbwüchsigkeit ist wahrscheinlich das Schlimmste, was einem passieren kann. Ich möchte niemals wieder halbwüchsig sein. Ich möchte auch niemals wieder Kind sein: eingesperrt in einen Laufstall, mit dem Dackel auf Augenhöhe leben, Dreiräder nicht beherrschen, gierig nach Butterbroten sein, jahrelang durch Pättchen oder Pättgen in Kindergärten gehen, an die man sich später nicht mehr erinnert, von der Sehnsucht nach Sommerrodelbahnen geplagt sein, um dann Sonntag für Sonntag Sommerrodelbahnen besuchen zu müssen, unter Übergewicht leiden, vor allem im Freibad, und immer dieses »Laß dich mal operieren!« nachgerufen bekommen. Noch dazu auf plattdeutsch.

5

Falls ich aber wider eigenes Erwarten doch eine Kindheit gehabt haben sollte, dann war sie spätestens am Ende meiner Kindheit aufgebraucht. Es gab sie nicht mehr. Und später gab es auch die Pubertäts- und Adoleszenzjahre nicht mehr. Alles verschollen. Von der Zeit zermahlen. Vom Leben zernagt. Im Familientrauma unter die Räder gekommen. Von Wind, Schnee und Regen zerfressen, wie der wolhynische Bauernhof, den mein Vater verlassen mußte. Um dann freilich im Warthegau auf einem polnischen Bauernhof angesiedelt zu werden, den dessen polnische Besitzer wiederum über Nacht und bei Todesandrohung zurücklassen mußten. Der historische oder psychohistorische Zusammenhang ist natürlich spekulativ. Doch eine andere und bessere als die historische Erklärung habe ich nicht. Früher und bevor ich Trauma- und Vergessenstheorien gelesen und mich mit verlorenen Kindern beschäftigt habe, schien mir für das Symptom der autobiographischen Entleerung nur eine einzige Instanz verantwortlich: die Region, aus der ich stammte. Ostwestfalen. Ostwestfalen war an allem schuld. Lange Zeit war für mich Ostwestfalen der Urgrund aller Wurzellosigkeit und aller Daseinsleere schlechthin. Heute sage ich mir: Zuviel der Ehre für den Kreis Gütersloh. Über den ich seit einiger Zeit ohnehin nur noch Gutes sagen kann. Schließlich durfte ich mich vor nicht allzu langer Zeit anläßlich eines Empfangs im Rathaus meiner im Kreis Gütersloh gelegenen Heimatstadt ins Goldene Buch der Stadt eintragen, obwohl ich in einer frühen Erzählung den Ostwestfalen einen dem Alkohol ergebenen verregneten und moosbewachsenen Menschen genannt habe. Das war vielleicht etwas einseitig, aber auch nicht ganz wörtlich gemeint. Zumindest nicht von mir. Von meinem Text schon. Verregnet und moosbewachsen. Doch ich und mein Text sind nicht das gleiche. Keine Frage wird mir nach Lesungen oder in Interviews öfter gestellt als die nach dem Autobiographischen und der Identität von Text und Leben. Kürzlich sogar von einem russischen Fernsehteam, das mich in Leipzig aufgesucht hatte. Wobei das Interview vor allem darin bestand, mir zuerst die verschiedensten Erlebnisse meiner Romanhelden zu erzählen, um mich dann zu fragen, ob ich dies alles selbst erlebt hätte. Ob ich, um nur ein Beispiel zu nennen, ebenso wie meine Figur Georg im *Tristanakkord*, auch selbst einmal den Ehrgeiz gehabt habe, das Präludium 1 in C-Dur von Johann Sebastian Bach so schnell wie möglich zu spielen, um damit, wenn nicht der beste, so doch der schnellste Präludium-1-Spieler Ostwestfalens zu werden. Und natürlich verging auch keine Lesung aus dem *Verlorenen* oder auch aus *Menschenflug*, auf der ich nicht gefragt wurde, ob ich einen verlorenen Bruder habe oder ob dies alles erfunden sei.

Man kann als Autor auf die Frage nach dem Autobiographischen verschieden reagieren. Entweder abwehrend und indigniert oder pädagogisch und didaktisch einlenkend. Und schließlich – dritte Möglichkeit – regelrecht glücklich darüber, endlich einmal ganz ohne Kunstumweg über sich selbst und das eigene Leben reden zu können. Ich habe die Erfahrung gemacht, daß mich die Frage nach dem Autobiographischen vor allem irritierte und ich mal abwehrend und indigniert, mal pädagogisch kontrolliert und didaktisch und niemals wirklich erfreut darauf reagierte. Mir war nicht klar, was man wissen will, wenn man nach dem Autobiographischen fragt. Und mir war auch nicht klar, was man weiß, wenn man eine Antwort darauf hat – egal wie diese lautet.

Zugleich spürte ich eine Absicht des Fragenden hinter der Frage, aber ich wußte nicht, welche Absicht es war. Ich konnte nur spekulieren: Entweder meinte der Fragende es gut mit mir und meinem Buch und wünschte sich, daß der Autor dies alles auch selbst erlebt hat, weil das Buch dann eben wahrer und echter und authentischer ist. Oder er meinte es nicht gut mit mir und meinem Buch und wollte mich zu dem Bekenntnis zwingen, ich sei ein phantasieloser Schriftsteller, der sein Buch im Grunde kopiert habe: abgeschrieben vom eigenen Leben.

So konnte ich einmal, als ich während einer Lesung bekannte, wirklich einen verlorenen Bruder zu haben, den Kommentar hören: »Das habe ich mir gedacht.« Worauf ich mich erwischt fühlte. Erwischt wobei? Beim Abschreiben womöglich. Es konnte aber auch passieren, daß mein autobiographisches Bekenntnis keine Skepsis, sondern große Anteilnahme auslöste. Anteilnahme an meiner Person, als sei ich selbst, der ich dort vor den Zuhörern saß und aus meinem Buch las, ein vom Pferdewagen gefallenes Flüchtlingskind oder ein vom Herzinfarkt bedrohter und unter Herzrhythmusstörungen leidender Akademischer Rat, der Deutsch als Fremdsprache unterrichtete. Das war ich aber nicht. Zumindest nicht im Wortsinne. Ich war nur ein nicht mehr ganz junger, alles in allem gesunder Schriftsteller, der aus seinem Buch las. Und ich wollte keinesfalls, ganz wie Stephan im *Menschenflug*, als Autor in mein eigenes Buch hineingezogen beziehungsweise hineingestoßen werden. Ich wollte, um es erzähltheoretisch zu formulieren, nicht intradiegetisch sein, sondern extradiegetisch. Also nicht innerhalb, sondern außerhalb der Erzählung und der erzählten Welt meiner Bücher.

Ich bin mit meinem Nachdenken über das Autobiographische noch nicht zu einem Ende gekommen, kann aber immerhin so viel sagen, daß ich irgendwann zu begreifen begonnen habe, warum mich die Frage nach dem Autobiographischen irritierte und nach wie vor irritiert. Nicht wegen des Abschreibens – das wäre zu simpel. Sondern wegen der Voraussetzungen dieser Frage: Sie setzt voraus, daß ich über eine eigene, längst in meinem Inneren ausformulierte Lebenserzählung verfüge, auf die ich je nach Bedarf zurückgreifen kann.

Dem ist aber nicht so. Das Gegenteil ist der Fall. Darum neige ich auch dazu, selbst bei offensichtlichen Übereinstimmungen von Literatur und Leben beziehungsweise Autor und Romanfigur in meinen Büchern nichts Autobiographisches zu entdecken. Was eben damit zusammenhängt, daß ich auch in mir selbst nichts Autobiographisches entdecke. Nicht nur meine Bücher halte ich nicht für im überlieferten Sinne autobiographisch. Ich halte auch mich selbst nicht für autobiographisch.

Mir fehlt das, was man eine narrative Identität nennt. In der Bibliothek meines Unbewußten fehlt der Familienroman. Er ist nicht da, aber ich suche ihn dauernd. Ich kann zu mir nichts sagen und muß mir darum meine eigene Lebenserzählung fortlaufend erarbeiten. Getreu dem Leitsatz meines kriegsversehrten und bis zur Selbstzerstörung fleißigen Vaters, daß man im Leben nichts geschenkt bekommt und sich alles erarbeiten muß. Ich ergänze: auch das eigene Leben und die möglichen Erzählungen davon.

Eine dieser möglichen Erzählungen kann ein Märchen sein – das Märchen der eigenen Kindheit beispielsweise. Ich hätte es gern geschrieben. Ich würde es gern erzählen. Aber ich kenne mich mit Märchen nicht gut aus. Meine Mutter erzählte keine Märchen. Und das einzige Märchen, das ich gern aus dem Mund des Vaters gehört hätte, wäre das von den Kühen, Pferden und blühenden Weizenfeldern in seiner wolhynischen Heimat gewesen. Der Vater hat das Märchen nicht erzählt. Er hat überhaupt keine Märchen erzählt. Weder aus Wolhynien noch aus irgendeiner anderen Gegend der Welt. Der Vater hatte nur einen Arm. Der andere war aus Holz. Ich wünschte dem Vater eine Fee, die den Holzarm wieder in einen Arm aus Fleisch und Blut verwandelte. Die Fee kam nicht. Der Vater las keine Märchen. Er las die blauen Briefe, die die Schule an meine Eltern schickte, um ihnen Alpträume zu bereiten.

Die Lehrerin erzählte das Märchen von dem Jungen, der mit Stecknadeln hausieren ging: »Jahrelang zog er mit seinem Kasten von Hütte zu Hütte, und der Erlös reichte gerade für ein Stück trockenes Brot.« Das Märchen gefiel mir. Ich denke gern an das Märchen zurück. Es ist nicht schön, aber wahr. Es könnte mein Lieblingsmärchen sein. Ein Einzelhändlermärchen. Vielleicht auch ein Schriftstellermärchen. Der Vater verkaufte Zigarren und Zigaretten in Ostwestfalen, nachdem Wolhynien aus der Welt verschwunden war. Der Erlös reichte irgendwann für einen schwarzen Opel Kapitän. Eine Märchenkarosse. Für Könige gemacht. Von neunzig Pferden gezogen. Das Auto stand auf dem Hof und glänzte. Der Vater legte den Holzarm auf das Lenkrad des Wagens und sagte: »Wir fahren.«
Ich wäre gern ein Schriftsteller geworden. Ich träumte davon, ein Buch zu schreiben. Ich hätte gern ein Märchen geschrieben. Das Märchen ginge so: In meinem Elternhaus gab es einen Taubenschlag, in dem dreiunddreißig Tauben lebten. Eine von ihnen war eine verzauberte Prinzessin, die mir eines Tages so sehr den Kopf verdrehte,

daß es in meinen Halswirbeln knackte und ich auf der Stelle tot umfiel. Macht nichts, sagte meine Mutter, drehte der Prinzessin ebenfalls den Hals um und verarbeitete uns zu leckerem Taubenragout.

Ich habe aber kein Märchen geschrieben. Ich habe mich statt dessen vor dem Vater gefürchtet, der aus den Wäldern kam und ein böser Vater war. Er war der Menschenfresser, der kleine Kinder verspeiste, Bäume ausriß und Flüsse leer soff. Ich war kein Menschenfresser, ich war ein Wurm, der unter die Stiefel, der zwischen die Finger des Vaters geriet. Ich war das Sandkorn im Auge des Vaters, ich war der Schmutz unter seinem Fingernagel. Ich las keine Märchen, ich las Kafkas Brief an den Vater. Auch ich hätte gern einen Brief geschrieben. Lieber Vater, hätte ich geschrieben, und ihm den Brief in einem schneeweißen Umschlag auf den Nachttisch gelegt. Aber ich habe den Brief nicht geschrieben.

Lieber Vater, ich habe dir keinen Brief geschrieben. Und dir auch keinen Brief auf den Nachttisch gelegt. Wie hättest du den auch öffnen sollen, mit deiner Prothese. Du hättest den Brief vom

Nachttisch gewischt mit dem linken Arm und dabei die Nachttischlampe und das Wasserglas und das Röhrchen mit den Kopfschmerztabletten mit heruntergerissen. Du hättest gerufen »Was für eine Unordnung! Was für eine Schlamperei! Und das in meinem Haus!« Du hättest meinen Namen gerufen, und ich wäre an dein Bett getreten, und du hättest dich über den Schmutz und die Unordnung beklagt, darüber, was alles herumliegen würde, Briefe, Nachttischlampen, Tabletten, Gläser, und daß das nicht so weitergehe, dieses Chaos, diese Unordnung, diese Polenwirtschaft, Russenwirtschaft, und daß wir gleich morgen mit der Renovierung des Hauses beginnen müßten, besser noch wäre es, alles, das ganze Chaos, das ganze Haus bis auf den Grund abzureißen. Und dann wärst du eingeschlafen, erschöpft von deinem Wutanfall, wie du immer nach deinen Wutanfällen eingeschlafen bist, und ich hätte an deinem Bett gesessen, hätte die Nachttischlampe, das Röhrchen mit den Kopfschmerztabletten, das Wasserglas und den Brief vom Boden aufgehoben. Ich wäre der gute Sohn gewesen, der brave Wurm unter deinen Fußsohlen, der wohlerzogene

Dreck unter dem Fingernagel, und ich wäre sitzen geblieben und hätte deinen Atem belauscht, deinen Mund betrachtet, dein Kinn, das ein Doppelkinn war, die pochende Ader an der Schläfe und das schüttere, schweißnasse Haar auf dem Kopf. Denn du bist immer schweißnaß geworden von deinen Wutanfällen. Und leicht gelb im Gesicht. Deine Lippen waren nicht rot, wenn du schliefst, sondern grau. Und irgendwann hättest du im Schlaf zu sprechen begonnen. »Ich zerreiße dich wie einen Fisch«, hättest du gesagt.

6

Vor einigen Jahren habe ich von meinem ältesten Bruder, der ja in Wahrheit der zweitälteste ist, einen tabellarischen Lebenslauf unseres Vaters erhalten. Ich hatte ihn um Lebensdaten des Vaters gebeten, die ich für *Menschenflug* verwenden wollte, obwohl ich zweifelte, ob mein Bruder mehr Informationen über den Vater hatte als ich selbst. Das, was ich wußte, reduzierte sich auf nicht viel mehr als das Geburtsjahr 1909 und das Todesjahr 1964. Alles dazwischen war ein Sammelsurium aus ungeordneten Einzelheiten, eine fragmentarische Sammlung von Anekdoten, Ortsnamen, Personen und Ereignissen, aus denen ich keinen auch nur halbwegs chronologischen Lebenslauf des Vaters hätte rekonstruieren können. Ich wußte so gut wie nichts über den Mann, der mich gezeugt und mit dem ich immerhin zwölf Jahre meines Lebens unter einem Dach gelebt hatte. Sollte ich, was ich nicht ausschließen kann, während meiner Kindheit und Jugend mehr aus seinem Leben erfahren haben, dann habe ich das meiste davon vergessen.

Das Geburtsjahr des Vaters habe ich vor allem
deshalb nicht vergessen, weil es leicht zu merken
war. Neunzehn null neun. Fast eine Merkzahl.
Das Todesjahr wußte ich, weil ich es mir einge-
prägt hatte. An die Umstände seines Todes und an
die Beerdigung glaube ich mich gut zu erinnern:
an den letzten Besuch im Krankenhaus, der mir
Übelkeit bereitete; daran, daß mir mein zweität-
tester Bruder mitten in der Nacht die Todesnachricht brachte und eine Bibel auf den Nachttisch
legte; an den nächsten Morgen, als ich meine
Mutter verweint und in schwarzer Kleidung in
der Küche sah – und an die Schamgefühle angesichts der schwarzgekleideten Mutter.
Doch nicht nur die trauernde Mutter bereitete mir
Schamgefühle. Ich hatte den Tod des Vaters insgesamt als schamvolles Ereignis empfunden. Nicht
als schamvoll für ihn, sondern als schamvoll für
mich. Ich schämte mich, weil der Vater gestorben
war. Der Tod des Vaters entblößte mich. Genauso
wie ich mich schämte, weil die Mutter trauerte
und schwarze Kleidung trug. Auch die Trauer der
Mutter entblößte mich. Noch größer war meine
Scham, als mir die Mutter ein schwarzes Band

über den Arm streifte. Zum Zeichen meiner Trauer. Dabei trauerte ich gar nicht. Ich schämte mich bloß. Ich schämte mich des schwarzen Bandes. Ich schämte mich der schwarzgekleideten Mutter. Ich schämte mich der Verwandten und Nachbarn, die zu Kondolenzbesuchen kamen, und ich schämte mich auch des Pfarrers, der am Küchentisch saß und mit der Mutter die Einzelheiten der Beerdigung und der Trauerrede besprach. Am meisten schämte ich mich bei der Beerdigung für mich selbst. Ich hätte vor Scham im Boden versinken können, als ich am Grab des Vaters stand und eine Handvoll Erde auf den Sarg warf und ein dumpfes Poltern zu hören glaubte, als die Erde auf den Sarg aufschlug. Die Erde, der Sarg, der Friedhof, die Menschen, die mir und meiner Familie kondolierten – alles trieb mir Schamwellen durch den Leib. Als wäre die Tatsache, daß der Vater gestorben war und nun beerdigt wurde, eine Obszönität, bei der man mich, den elfjährigen Knaben, erwischt hatte.

Das Schamgefühl von damals steckt mir bis heute in den Knochen, obwohl ich noch immer nicht weiß, warum sich ein elfjähriges Kind dafür schämen muß, daß der Vater stirbt und die Mutter trauert. Ich habe keine Erklärung dafür. Keine psychologische und auch keine anthropologische oder ethologische. Wo ist der Psychologe, wo der Verhaltensforscher oder Anthropologe, der mir das erklärt? Vielleicht gibt es ihn ja. Vielleicht lese ich nur die falschen Bücher. Vielleicht sollte ich anthropologische Bücher lesen, Ruth Benedicts *Chrysantheme und Schwert* beispielsweise oder das ihrer Assistentin Margaret Mead, das 1937 erschienen ist und den Titel *Zusammenarbeit und Konkurrenz in primitiven Gesellschaften* trägt. Der Titel klingt jedenfalls vielversprechend, und wenn ich einem zeitgenössischen Schamspezialisten glauben darf, dann findet sich hier die erste Unterscheidung von Scham- und Schuldkultur. Andererseits frage ich mich: Muß ich mich wirklich mit den sogenannten Patterns japanischer Kultur beziehungsweise den kulturellen Praktiken von Eingeborenenstämmen auf Neuguinea beschäftigen, um meine kindlichen Schamgefühle zu begreifen?

Das scheint mir etwas viel verlangt. Auch wenn es Schamgefühle waren, die der Tod in mir ausgelöst hatte. Auch wenn ich der festen Überzeugung bin, ein wahrer Repräsentant der Schamkultur zu sein. Der Schuldkultur natürlich auch. Aber das ist ja nichts Besonderes. Die Schuldkultur ist abendländischen Ursprungs. Genauso wie das Gewissen, die Selbstverurteilung und die Strafe. Die Schamkultur dagegen gilt als ›primitiv‹, außerwestlich und gegebenenfalls japanisch, was ja nicht primitiv, sondern höchst zivilisiert ist. Statt des Gewissens bevorzugt die Schamkultur als soziale Kontrollinstanz den Anstand und das gute Benehmen. Statt der Selbstverurteilung die Mißachtung durch Dritte. Statt der Strafe die Schande. Mein Vater beherrschte und setzte beide Kulturen durch. Keine Strafe ohne Schande. Und keine Schande ohne Strafe. Doch die größte Schande hatte nicht ich ihm, sondern er mir angetan, indem er starb und mich dazu zwang, mit schwarzer Armbinde und gut geputzten Sonntagsschuhen an seinem Grab zu stehen und mich entblößt zu fühlen. Auch wenn ich noch immer nicht weiß, warum und wieso der Tod des Vaters mich entblößen konnte.

Ich lasse die Frage, so ernst es mir damit ist, als

Forschungsfrage in eigener Sache im Raum stehen. Ich habe schon viele Fragen in eigener Sache im Raum stehen lassen. Der Raum ist vollgestellt mit Fragen in eigener Sache. Es hat sich eben noch nie jemand mit mir beschäftigt. Kein Ethologe hat meine Frühstücksgewohnheiten erkundet, kein Evolutionsbiologe vor meiner Insel geankert, kein Anthropologe an die Tür meiner Hütte geklopft. Dabei bin ich voller fremder Sitten und Gebräuche. Und diese sind keinesfalls immer deckungsgleich mit den Sitten und Gebräuchen meines Stammes, den Ostwestfalen. Es gäbe also etwas zu entdecken. Zumal ich ja im genealogischen Sinne kein Ostwestfale bin. Nur dort geboren. Von Eltern aus der Fremde. Von Eltern aus dem Osten, aus Polen, aus Rußland oder sonstwoher. Von Eltern ohne Lebenslauf.

Bis zu dem Tag, als mir mein Bruder den Lebenslauf des Vaters schickte, den ich sogleich in meinen neuen Roman einarbeitete, um ihn dann wieder herauszunehmen. Wen interessiert schon der Lebenslauf meines Vaters? fragte ich mich. Er hat ja nicht mal meinen Vater selbst interessiert. Ich habe den Lebenslauf dann doch in den Roman eingefügt, aber nicht als tabellarisches Dokument, sondern kontextualisiert, indem ich erzähle, wie der Held des Romans den Lebenslauf seines Vaters in die Hände bekommt und sich über die verschiedenen Angaben so seine Gedanken macht. Über den Geburtsort Bryschtsche beispielsweise. Dort ist mein Vater in den Jahren 1915 bis 1924 zur Volksschule gegangen, um dann die Höhere Handelsschule in Posen zu besuchen, diese nach einem halben Jahr abzubrechen und schließlich sechs Jahre lang von 1924 bis 1930 wieder auf dem elterlichen Bauernhof in Bryschtsche zu arbeiten. Offensichtlich war mein Vater für etwas Höheres als die Landwirtschaft vorgesehen, möglicherweise konnten meine Großeltern auf die Arbeitskraft des Sohns nicht verzichten. Das kam mir bekannt vor. Mein Vater konnte auf die Arbeitskraft von mir und meinen Brüdern im elterlichen Tabakwarenhandel auch nicht verzichten. Obwohl wir für Höheres vorgesehen waren. Zumindest am Vormittag, wenn wir zur Schule gingen. Am Nachmittag waren wir für den Tabakwarenhandel vorgesehen.

Dem Lebenslauf entnehme ich ebenfalls, daß meinem Vater während des Rußlandfeldzugs und als Folge einer schweren Verletzung am 5. September 1941 der rechte Arm amputiert worden ist. Daß mein Vater nur einen Arm hatte, wußte ich natürlich. Ich mußte ihm oft genug den Gummiring, der den Hemdsärmel festhielt, über die schwarze Lederhand und auf die Prothese schieben. Wenn etwas in mir zärtliche Rührung für meinen Vater ausgelöst hatte, dann war es die Prothese mit der schwarzen Lederhand gewesen. Was den Vater allerdings nicht daran hinderte, im Konfliktfall als ausführendes Organ der Schuldkultur mit der Linken die Hundeleine vom Haken zu nehmen und mich brüllend durch die Wohnküche zu jagen.

Im Jahr 1943 bis 1944 hat mein Vater laut Lebenslauf als selbständiger Landwirt in Rakowiec bei Zychlin im Kreis Gostynin gearbeitet. Was heißt das nun wieder – als *selbständiger Landwirt*? Woher hatte er das Land? Bisher spukte in meinem Kopf das Wort *Gutsverwalter* herum. Das mußte ich während meiner Kindheit gehört haben. Mein Vater, der Gutsverwalter. Als der Arm ab war, um es etwas lax zu formulieren, wurde der Vater ein Gutsverwalter. Das war doch auch etwas Höheres und ließ sich zudem mit einem Arm bewerkstelligen. Allerdings sah ich bei dem Wort Gutsverwalter den Vater nicht am Schreibtisch sitzen und verwalten. Ich sah ihn vielmehr auf meines Vaters Pferden durch wogende Getreidefelder reiten. Hätte ich mich nicht in den letzten Jahren mit der jüngsten deutschen Geschichte und besonders dem beschäftigt, was seit 1939 in Polen geschehen war, dann würde mein Vater immer noch durch wogende Getreidefelder reiten. Und ein Gut verwalten. Und ab und zu käme der Gutsbesitzer, um mit dem Vater Gutsangelegenheiten zu besprechen, ein gutmütiger Patriarch, der vielleicht in Ostpreußen oder Masuren ein Landschloß bewohnte oder aber in der nächsten Stadt, in Kutno beispielsweise, an der städtischen Klinik als Chirurg und Chefarzt tätig war und darum keine Zeit für sein Gut hatte. Über die Getreideerträge wurde gesprochen, über die Baumpflege, über Pferdezuchtfragen und über den Zustand der Rosenbeete vor dem Herrenhaus. So ungefähr stellte ich mir das vor.

Heute weiß ich, daß der polnische Landkreis Go-

stynin am 20. November 1939 Teil des neugebildeten Reichsgaus Posen wurde, welcher später
Reichsgau Wartheland beziehungsweise verkürzt
Warthegau hieß. Wobei das Wort Warthegau eines jener Worte ist, die mir seit meiner Kindheit
vertraut sind. Ein weiteres dieser Worte ist das
Wort Lastenausgleich. Sollte mich jemand nach
meinen frühesten Worterinnerungen fragen, dann
würde ich antworten: Warthegau und Lastenausgleich. Das kam noch vor Mama und Papa. Bevor ich Mama und Papa gesagt habe, habe ich
Warthegau und Lastenausgleich gesagt. Mit der
Muttermilch eingesogen habe ich den Lastenausgleich. Und den Warthegau auch. Sofern ich gestillt wurde, wovon ich aber ausgehe.
Von meiner Mutter gab es keinen Lebenslauf,
und es gibt auch heute noch keinen. Es existieren
nur ein paar dürre Daten auf den Dokumenten
im Zusammenhang mit meinem verlorenen Bruder. Aber ich wußte von Anfang an, daß sie aus
dem Warthegau stammt. Wo immer das auch war.
Wenn mich früher jemand fragte, woher meine
Mutter stamme, dann antwortete ich schon als
kleines Kind wie aus der Pistole geschossen: »Aus

dem Warthegau.« Das reichte den Leuten als Antwort, Nachfragen gab es keine. Anscheinend wußte jeder, was gemeint war. Nur ich wußte es nicht. Auf Nachfragen hätte ich darum auch keine weitere Antwort gewußt. Später, in meinen im doppelten Sinne kritischen Jahren als Schüler und als Student, war das Wort Warthegau für mich ein Naziwort, und ich habe es nicht mehr in den Mund genommen. Nicht wegen Warthe. Sondern wegen Gau. Gau wie Gauleiter. Und auch nicht wegen der historischen Tatsachen. Von denen hatte ich weder als Schüler noch als Student eine Ahnung. Und selbst heute scheue ich mich, das Wort Warthegau auszusprechen, obwohl ich inzwischen genügend seriöse Literatur kenne, in der es ohne jede Distanzierung benutzt wird. Das dabei angewendete Verfahren nennt sich erlebte Rede. Ich benutze das Wort dagegen lieber zitierend und mit Anführungszeichen. Zumal ich heute nicht nur weiß, daß der polnische Landkreis Gostynin am 20. November 1939 Teil des neugebildeten sogenannten Reichsgaus Posen wurde, welcher dann später Reichsgau Wartheland hieß. Ich weiß auch, daß der Landkreis Gostynin, in dem mein Vater in den Jahren 1943 und 1944 als selbständiger Landwirt tätig war, zuerst in Waldrode umbenannt wurde, dann in Landkreis Gasten, danach gab man ihm den Doppelnamen Waldrode (Gostynin), um ihn am 7. Oktober 1942 wieder Waldrode zu nennen.

Ich weiß dies alles nicht etwa deshalb, weil ich mich tagelang in Bibliotheken aufgehalten und ausführlich über den Landkreis Gostynin recherchiert habe. Das Gegenteil ist der Fall: Es findet sich erstaunlicherweise im Internetlexikon Wikipedia ein Artikel über den Landkreis Waldrode. Wie der Artikel dort hineingekommen ist, vermag ich nicht zu sagen. Der Landkreis Waldrode muß von allgemeinem historischem Interesse sein. Vielleicht insofern, als der Landkreis und damit der sogenannte Warthegau eine exemplarische Region für die Greueltaten darstellt, die die Nazis an der polnischen Bevölkerung verübt haben.

Gemeint ist die Vertreibung der polnischen Bevölkerung aus dem Reichsgau Wartheland in das von den Nazis so genannte Generalgouvernement in den Jahren 1939 bis 1941. Wobei das Wort Generalgouvernement die von Deutschland besetzten, aber nicht in das Reichsgebiet eingegliederten polnischen Gebiete meint, zu denen unter anderem die vier Distrikte Krakau, Radom, Warschau und Lublin zählten. Die Durchführung der Vertreibung und Aussiedlung wurde dem Reichsführer SS und Chef der deutschen Polizei Heinrich Himmler übertragen, der im Oktober 1939 zum »Reichskommissar für die Festigung des Deutschen Volkstums« ernannt worden war. Abgekürzt: RKFDV. In der Zeit von November 1939 bis März 1941 wurden nach zeitgenössischen deutschen Angaben insgesamt zweihundertachtzigtausend Personen aus dem Warthegau in das Generalgouvernement zwangsumgesiedelt. Dort sollten sie nicht etwa eine neue Existenz gründen, sondern durch Zwangsarbeit vernichtet oder die Limitierung der Ernährung auf 600 Kalorien am Tag dem Verhungern ausgeliefert werden.

Die Zwangsumsiedlung muß man sich so vorstellen, daß einzelne Dörfer, Straßen oder Stadtviertel am späten Abend oder sehr früh morgens von der Polizei umstellt wurden. Den Bewohnern wurde selten mehr als eine halbe Stunde Zeit gelassen, ihr Handgepäck zu packen. Der ganze sonstige

Besitz mußte zurückgelassen werden. Im Falle der Bauern bedeutete dies natürlich auch den Verlust von Haus und Hof einschließlich Ländereien und Vieh. Allerdings sorgten die deutschen Okkupanten dafür, sehr schnell auf die Höfe nachzurücken und diese in Besitz zu nehmen, oftmals innerhalb weniger Stunden. Es wird von Fällen berichtet, wo die warme Milch der polnischen Besitzer noch auf dem Herd stand, um dann von den Deutschen getrunken zu werden.

Ich stelle mir vor, daß mein Vater irgendwann auf einem dieser Höfe seine Arbeit als sogenannter selbständiger Landwirt antrat. Allerdings zu einer Zeit, als die Vertreibung der polnischen Bauern bereits stattgefunden hatte. Insofern kann und will ich in bezug auf meinen Vater keine Täter-phantasien entwickeln, verstehe nun aber besser, warum während meiner Kindheit und auch in den Jahren danach nicht ein einziger Satz über diese Zeit als selbständiger Landwirt im Warthegau gefallen ist. Keine einzige Anekdote wurde erzählt, kein Foto ist erhalten, kein Brief, kein Dokument. Auch Nachbarn scheint es nicht gegeben zu haben. Wenn von Nachbarn aus dem Osten die Rede war, dann waren es die Nachbarn aus dem wolhynischen Geburtsort des Vaters. Nur in Bryschtsche gab es Nachbarn. Einige von ihnen hatten sich in meinem westfälischen Geburtsort angesiedelt. Das habe ich aber erst begriffen, als mir vor ein paar Jahren der wolhynische Verein als Reaktion auf meinen Roman *Menschenflug* eine Karte der Kolonie Bryschtsche geschickt hatte mit dem Hof meiner Großeltern darauf und Höfen der Nachbarn, die ansonsten identisch war mit der Karte eines Bryschtsche-Forschers aus dem Harz, die dieser mir ebenfalls geschickt hatte.

Einige der Namen auf der Karte waren mir vertraut und sind es noch immer. Vertraut aus Ostwestfalen. Der Name Ferdinand Popke zum Beispiel. Den kannte ich. Der kam doch immer in unseren Laden, manchmal auch in die Küche. Der hatte immer eine Ledertasche dabei und fuhr mit dem Bus. Dem Arbeiterbus. Jeden Morgen in aller Herrgottsfrühe fuhr er mit dem Bus, und jeden Nachmittag kam er zurück und ging dann nicht gleich nach Hause, sondern erst einmal in unseren Laden und manchmal durch den Laden hindurch in die Küche. Da saß er dann mit seiner Ledertasche, in der keine Akten waren, sondern der Henkelmann und die Brotbüchse, und unterhielt sich mit meinem Vater. Ferdinand Popke. Ein Name, den man nicht vergißt. Ich jedenfalls nicht. Er soll an dieser Stelle für die Ewigkeit festgehalten werden. Hätte ich bereits als Kind gewußt, daß Ferdinand Popke ein wolhynischer Nachbar meines Vaters und meiner Großeltern gewesen war, dann hätte ich ihm alle die Fragen stellen können, die ich meinem Vater nicht gestellt habe. Da der Mann ein freundlicher Mensch war, hätte er sie mir bestimmt beantwortet. Wenn auch in einer etwas merkwürdigen Sprache. Irgendwie ostpreußisch. Oder pommersch. Obwohl man ja in Wolhynien kein Ostpreußisch oder Pommersch sprach. Aber ich habe nicht gewußt, daß Ferdinand Popke ein Nachbar aus dem Osten war. Ich weiß es erst jetzt, nachdem ich diese Land- beziehungsweise Ortskarte erhalten habe.

Auch meine Mutter hatte offensichtlich keine Nachbarn. Obwohl sie doch im Wartheland geboren worden war. In einem Dorf mit dem etwas irritierenden Namen Anatolien. Da sie aus dem Wartheland stammt, vermute ich, daß meine Mutter meinen Vater kennengelernt hat, als dieser dort als sogenannter selbständiger Landwirt tätig war. Vielleicht sogar in der Nachbarschaft meiner Mutter. Vielleicht lag Anatolien gleich neben Rakowiec. An der Ortsgrenze zu Rakowiec. Vielleicht berührten sich die jeweiligen Kartoffelfelder. Hier das Kartoffelfeld mütterlicherseits und dort das Kartoffelfeld väterlicherseits. Vielleicht saß man abends zusammen am Kartoffelfeuer und kam sich hierbei näher.

Vielleicht wurde ich auf einem polnischen Kartoffelfeld gezeugt. Fast glaube ich mich daran zu erinnern. Dagegen spricht allerdings nicht nur mein Geburtsdatum. Dagegen spricht auch die Tatsache, daß ich ein Atelierfoto von meinen Eltern in einer Schachtel aufbewahre, auf dem mein Vater eine Uniform trägt und seinen rechten Arm besitzt. Also müssen sich beide schon gekannt haben, als der Vater noch kein Landwirt im Warthegau war. Der tabellarische Lebenslauf sagt mir, daß sein rechter Arm am 5. September 1941 amputiert wurde. Vorher ist er an der Front gewesen, 1941 in Rußland, 1940 in Frankreich.

Und davor war er, ebenfalls laut tabellarischem Lebenslauf, als sogenannter Geschäftsreisender der Firma Gustav Mittmann in Preußisch-Holland in Ostpreußen tätig gewesen.

Preußisch-Holland – das ist wieder so ein Wort beziehungsweise Ortsname, den kein Mensch versteht. Und je mehr ich über diesen Namen nachdenke, um so sicherer glaube ich zu sein, daß der Name Preußisch-Holland bereits durch meine Kindheit geisterte. Ich glaube es nicht nur. Ich bin sogar sicher. Glaube ich jedenfalls. Denn ich habe den Ortsnamen in meinem erzählerischen Debüt, an dem ich 1988 in der Villa Massimo zu schreiben begann, erwähnt. Über die Verwirrung habe ich geschrieben, die der Ortsname Preußisch-Holland in meinem kindlichen Hirn ausgelöst hat. Und über die Tatsache, daß ein Foto von Preußisch-Holland an der Wand in unserem Wohnzimmer hing mit der Unterschrift: Preußisch-Holland.

Heute frage ich mich, wo das Foto geblieben ist. Und ob ich wirklich geschrieben habe, daß es bei uns an der Wand hing. Ich brauchte nur ins Nebenzimmer zu gehen, um in meinem eigenen Buch nachzuschlagen, was genau ich über Preußisch-Holland beziehungsweise das Foto geschrieben habe. Aber ich gehe nicht ins Nebenzimmer. Ich bin kein Mensch, der ins Nebenzimmer geht und ins eigene Buch schaut. Manchmal bin ich mir auch nicht mehr ganz sicher, ob ich überhaupt in der Villa Massimo war. Wann sollte das gewesen sein? Und warum? In den Achtzigern wahrscheinlich. Aber die Achtziger sind im Nebel des letzten Jahrhunderts verschwunden. Woody Allen hat einmal gesagt: Manche Menschen gehen so lange zur Psychoanalyse, bis sie sich an ihre eigene Zeugung erinnern. Womit dann gleich das nächste behandlungsbedürftige Trauma in die Welt gesetzt sein dürfte. So schlimm steht es in meinem Fall natürlich nicht.

Im Gegenteil – es ist eher umgekehrt. Ich gehe so lange zur Psychoanalyse, bis mir auch die Gegenwart wie eine versunkene und traumatisch vernebelte Vergangenheit vorkommt. Je mehr ich über mich und mein Leben nachdenke, um so mehr rückt es in die Ferne. Die achtziger Jahre zum Beispiel. Ziemlich weit weg. Und schon bemerke ich, daß auch die Neunziger in meiner

Erinnerung nicht mehr das sind, was sie einmal waren. Irgendwie porös und undeutlich. Ein sehr schemenhaftes Jahrzehnt. Je länger ich darüber nachdenke, desto mehr ziehen sich die Neunziger in die Vergangenheit zurück. In gewisser Weise liegen sie bereits hinter den Achtzigern, wobei letztere sich inzwischen hinter die siebziger Jahre zurückgezogen haben. Davor ist sowieso alles dunkelstes Mittelalter. Zeit der Pyramiden. Vor- und Frühgeschichte. Eine Kindheit zwischen Schachtelhalmen und Riesenfarnen. Wenn überhaupt.

Aber ich glaube sicher zu sein, daß mich der Ortsname Preußisch-Holland bereits in meiner frühesten Kindheit verwirrt hat. Keine traumatische Verwirrung allerdings, lassen wir sie also ruhen. Zumal ein Blick ins Lexikon ausreicht, um zu erfahren, daß Pasłęk der heutige Name der Stadt ist, die vor ihrer Zerstörung während des Zweiten Weltkrieges den Beinamen Ostpreußisches Rothenburg trug. Nicht ruhen lassen möchte ich dagegen den Ortsnamen Anatolien, der mich, seit ich ihn in den Papieren meiner Mutter gefunden hatte, irritierte. Schließlich stammt sie aus dem

Wartheland und nicht aus der Türkei. Das wäre ja noch schöner. Kurdische Verwandtschaft. Cousins und Cousinen aus dem türkisch-irakischen Grenzgebiet. Initiationsriten im Nomadenzelt. Beschneidung mit dem Krummdolch.

Dann doch lieber zurück ins Wartheland, wo sich Anatolien allerdings nicht finden ließ, so intensiv ich auch Landkarten und Ortsregister studierte. Anatolien gab es nicht. Der Geburtsort meiner Mutter war ein Phantom. Selbst ein Spezialist konnte mir nicht weiterhelfen. Der Spezialist kam aus dem Ort Harsewinkel in Ostwestfalen, wo ich zu einer Lesung eingeladen war. Harsewinkel gibt es. Ohne jeden Zweifel. Es findet sich auf jeder besseren Deutschlandkarte. Es liegt im Kreis Gütersloh und gehört zu den Orten, in die ich als Kind und Knabe hoffnungsvolle Fahrradtouren unternahm. Irgendwo mußte die Welt doch sein. Der Spezialist war der Stadtarchivar von Harsewinkel und ein an der Vertriebenenproblematik interessierter Mann. Ich erzählte ihm von Anatolien, wollte wissen, ob es überhaupt ein Ortsregister des Warthegaus gebe, und er versprach, einmal nachzuforschen. Irgendwann erreichte mich ein

Brief mit der Auskunft, daß er in *Neumanns Orts-und Verkehrs-Lexikon des Deutschen Reichs* von 1905 nachgesehen und folgende Ortschaften mit den Anfangsbuchstaben ›An‹ in der Provinz Posen gefunden habe:

- Anastazewo, Kolonie, Provinz Posen, Reg.-Bez. Bromberg, Kr. Witkowo, 298 Einwohner
- Aniela, Kolonie in Netzebruch, Provinz Posen, Reg.-Bez. Bromberg, Kr. Wirsitz, 583 Einwohner
- Aniolka 1 und 2, Rittergüter, Provinz und Reg.-Bez. Posen, Kr. Kempen, 57 und 104 Einwohner
- Antonin, Gut, Provinz und Reg.-Bez. Posen, Kr. Ostrowo, 221 Einwohner

Ich schrieb einen Brief nach Harsewinkel und bedankte mich. Die Ortsnamen halfen mir nicht weiter, so gut und vielversprechend sie auch klangen. Winzige Orte waren das und einige davon zugleich sogenannte Kolonien, ebenso wie Bryschtsche eine Kolonie gewesen war. Am besten gefiel mir Aniolka 1 und 2, zumal es sich um Rittergüter handelte. Wäre meine Mutter doch auf einem Rittergut namens Aniolka geboren! Ganz egal, ob es sich um Aniolka 1 oder Aniolka 2 gehandelt hätte. Epen würde ich darüber verfassen,

Stammbäume und Genealogien entwerfen, den großen Familienroman würde ich schreiben, über Jahrhunderte hinweg, kulminierend in mir, dem kinderlosen Nachfahren und letzten Erzähler. Ein bitteres, aber berührendes Ende.

Doch aus dem großen Familienroman wird wohl nichts. Nichts aus Genealogien und Stammbäumen. Meine Forschungen verheddern sich schon bei meinen Eltern. Selbst die sind sozusagen nicht sicher. Geschweige denn meine Großeltern. Ich bin ein Mensch komplett ohne Großeltern, was mich in letzter Zeit allerdings auch mehr und mehr beunruhigt. Früher war mir das gleichgültig gewesen. Da ich keine Großeltern hatte, habe ich keine vermißt. Auch meine Eltern hatten ihre Eltern nicht vermißt. So war zumindest mein Eindruck. Sie hatten überhaupt nichts vermißt. Nicht ihre Eltern und schon gar nicht ihre Großeltern, die für sie ja genauso wichtig hätten sein können wie meine Großeltern für mich. Heute frage ich mich, wo meine Großeltern geblieben sind. An meine Urgroßeltern wage ich nicht mal zu denken. Ich wage allenfalls an die Großeltern väterlicherseits wie an die Großeltern mütterlicherseits zu denken. Immerhin vier Personen. Und ich frage mich, ob sie auch vertrieben worden sind. Aber wohin? Und wenn nicht, warum nicht. So alt waren sie schließlich nicht, um schon vor Ende des Krieges gestorben zu sein. Als meine im Februar 1921 geborene Mutter vertrieben wurde, war sie dreiundzwanzig Jahre alt. Die eigenen Eltern können durchaus noch leben, wenn man dreiundzwanzig ist. Als mein 1909 geborener Vater vertrieben wurde, war er sechsunddreißig Jahre alt. Da hätten seine Eltern auch noch leben können. Obwohl man damals früher starb als heute. Doch niemand hat jemals etwas darüber erzählt. Vielleicht sind sie ja in Bryschtsche gestorben. Vielleicht waren sie schon in den zwanziger Jahren alt und krank. Warum sonst hätte mein Vater die Höhere Handelsschule in Posen aufgeben und nach Bryschtsche zurückkehren müssen? Und wenn sie in Bryschtsche gestorben sind, dann sind sie sicher auf dem Friedhof beerdigt. Auf dem Friedhof bin ich gewesen, zusammen mit Jurij. Am Ende der Dorfstraße in einem Wäldchen sei der deutsche Friedhof, hatte man uns gesagt. Jurij und ich sind bis zu dem Wäldchen gegangen, aber da war kein

Friedhof. Zwei halbwüchsige Knaben aus dem Dorf, von denen der eine ein Fahrrad schob, waren uns auf dem Weg zum Friedhof in einigem Abstand gefolgt.

Sicher wußten sie, daß wir den Friedhof ohne sie nicht finden würden. Als wir ratlos am Wäldchen standen, rief Jurij sie zu sich und fragte nach dem Friedhof. Sie gingen voraus und in das Wäldchen hinein, in das kein Weg führte und das vollkommen zugewachsen war. Wir schlugen uns durch das Unterholz und mußten uns sogleich gegen hungrige Schnaken und Stechfliegen wehren. Wir gingen trotzdem weiter, bis wir an ein eingefallenes Grab und ein noch halbwegs aufrecht stehendes Grabkreuz kamen. Hier sei der deutsche Friedhof, sagten die Jungs zu Jurij. Ich sah vorerst nur dieses eine Grab, doch die beiden Knaben führten uns zu weiteren unter Gestrüpp und Unterholz verborgenen Gräbern. Wahrscheinlich würde man hier den gesamten Friedhof freilegen können, aber wer hätte etwas von einem deutschen Dorffriedhof, in dem die letzten Toten vor mehr als einem halben Jahrhundert bestattet worden waren. Jurij nicht, die beiden Knaben nicht und der Rest der Dorfbewohner wohl auch nicht. Nur ich hätte etwas davon. Ich hätte nach dem Grab meiner Großeltern suchen können. Der Grabstein, vor dem ich jetzt stand, war der einzige, auf dem man noch einen Namen entziffern konnte. Mahony? Ich hatte den Namen noch nie gehört. Und auch in keiner der Bryschtsche-Broschüren gelesen. Ich fotografierte den Grabstein, und ich fotografierte Jurij und die beiden Knaben, die im Halbdunkel des Wäldchens um das Grab standen. Ich sammelte weitere Beweise dafür, daß ich hier gewesen war. Ich würde es mir nach meiner Reise immer wieder selber beweisen. Nachdem wir noch ein wenig ratlos und wohl auch aus einem unbestimmten Pietätsgefühl heraus um den Grabstein gestanden waren, verließen wir das Wäldchen. Die Schnaken und Stechmücken folgten uns noch ein Stück und ließen dann von uns ab. Ich machte an der Dorfstraße ein Abschiedsfoto von den beiden Jungs mit ihrem Fahrrad. Die Zeugen meiner Exkursion. Ich bildete mir ein, daß ich auch solch ein Junge aus Bryschtsche hätte sein können. Wenn alles anders gekommen wäre. Aber es war nicht anders gekommen. Ich hätte meine Großeltern gern auf dem Friedhof von Bryschtsche begraben. Unter einem Grabstein mit ihrem und meinem Namen darauf. Aber sie blieben verschwunden. Die Rasenbank am Elterngrab. Wo hatte ich das noch gelesen? Nichts für mich. Die Lücke blieb. Keine Rasenbank am Großelterngrab. Weder mütterlicherseits noch väterlicherseits. Keine Namen, keine Fotos, keine Unterlagen, keine Erinnerungen und noch nicht mal ein Grab. Wo andere sich vor lauter Großeltern nicht retten können, da riß in meinem Falle der genealogische Faden schon nach der Elterngeneration. Wir gingen zurück zum Ford Mondeo. Die Jungen waren verschwunden. Jurij wendete den Wagen und fuhr los: dahin, wo wir hergekommen waren. Am Ortsausgang gleich neben dem Laden standen die beiden Jungen mit ihrem Fahrrad. Ich drehte die Scheibe runter und winkte ihnen zu. Ich winkte mir selber zu.

7

Nachdem ich meinen Helden Stephan aus *Menschenflug* das hatte tun lassen, was ich selbst nicht getan hatte, nahm ich mir meine eigene Romanfigur zum Vorbild und machte mich auf die Suche nach dem Findelkind 2307. Ich habe dem Mann einen Brief geschrieben und um ein Treffen gebeten. Das freilich war nicht so leicht, wie es sich anhört. Es wäre für mich möglicherweise leichter gewesen, einen dritten Roman über meinen verlorenen Bruder zu schreiben, als einen halbseitigen Brief an ihn beziehungsweise an das Findelkind 2307. Ich habe den Brief Woche um Woche und Monat um Monat verschoben. Manchmal habe ich sogar völlig vergessen, daß ich diesen Brief schreiben wollte. Und hätte ich nicht verschiedenen Menschen bereits von meinem Vorhaben erzählt, dann würde ich möglicherweise noch immer mit mir ringen.

Ich wüßte gern, warum das so war. Aber ich weiß es nicht. Ich weiß nur, daß sich plötzlich eine Suchhemmung meiner bemächtigte.

Schriftsteller haben normalerweise eine Schreib-
hemmung. Ich hatte eine Suchhemmung. Mein
Unbewußtes wollte nicht suchen. Mein Unbewußtes will vieles nicht. Und meistens weiß ich,
warum es das nicht will. Doch diesmal war ich
ratlos. Allerdings versorgte ich mich selbst mit
Aufmunterungs- und Durchhalteparolen wie
»Was man angefangen hat, muß man auch zu
Ende bringen« und überwand schließlich meine
Hemmung. Also schrieb ich den Brief, erhielt
eine Antwort, telefonierte darauf mit der Frau
des Findelkindes 2307 und vereinbarte einen Besuch in einer kleinen Ortschaft in der Nähe von
Göttingen. Aber es hätte natürlich genausogut
in Celle oder in der Nähe von Celle sein können.
Ich fuhr an einem sonnigen Augustsonntag mit
dem Zug nach Göttingen und dann mit dem Bus
weiter in besagte Ortschaft, wo mich das Findelkind 2307 zusammen mit seiner Frau an der Bus-
haltestelle erwartete. Ein blonder, über sechzig-
jähriger Mann, den ich sofort als den Menschen
erkannte, der auf dem Foto in der Suchdienst-
akte abgebildet war. Obwohl mindestens ein
halbes Jahrhundert vergangen war, seit das Foto

gemacht worden ist. Schon in den Wochen zuvor und auch in dem Bus, der mich von Göttingen in den Ort brachte, hatte ich mich gefragt, wie es wohl ist, einem Menschen gegenüberzusitzen, der der eigene Bruder sein könnte. Heute weiß ich es: Die Hauptgefühle sind Rührung, Befangenheit und eine merkwürdige Art von Scham. Letztere resultiert vielleicht daraus, daß man sich seiner Rührung nicht sicher sein darf. Denn der Mann, der der eigene Bruder sein könnte, könnte ja genausogut nicht der eigene Bruder sein. Man wäre also vollkommen überflüssigerweise gerührt. Man würde überflüssigerweise eine sentimentale Regung in sich spüren, die zudem nicht rein privat ist, sondern historisch und schicksalhaft. Wer schon einmal bei jemandem zum Kaffee eingeladen war, der sein eigener Bruder sein könnte, wird dies bestimmt ohne weiteres nachfühlen. Aber man kann ja mit seiner Rührung und Bewegtheit nicht warten, bis man den Verwandtschaftsnachweis in Händen hält. Man ist sofort bewegt und gerührt, schon bei der ersten Begegnung. Man sieht sofort den Bruder in dem Mann, der der Bruder sein könnte.

Wenn überhaupt etwas dafür spricht. Und es sprach einiges dafür.

Nach Meinung der Frau des Findelkindes sprachen sogar unsere Handschriften dafür. Meine kannte sie aus dem Brief, den ich geschrieben hatte, und die Handschrift hatte sie sofort, wie sie sagte, an die Handschrift ihres Mannes erinnert. Und es sprach unser Aussehen dafür. Ich hatte ja bereits auf dem Foto gesehen, daß das Findelkind 2307 eine gewisse Ähnlichkeit mit mir besaß. Der erwachsene Mann dagegen hatte eine gewisse Ähnlichkeit mit einem meiner älteren Brüder. Also einigten wir uns darauf, eine DNA-Analyse vornehmen zu lassen. Einen Bruder-zu-Bruder-Test. Doch erst einmal einigten wir uns darauf, beim Suchdienst anzufragen, ob dieser die Kosten für so einen Test übernehmen würde. Mir schien dies unwahrscheinlich, aber die Frau des Findelkindes sagte, der Suchdienst habe schon einmal die Kosten für den Test übernommen.

Schon einmal? Ich fragte, was denn der Anlaß dafür gewesen sei, und die Frau des Findelkindes erzählte mir, vor ungefähr fünfzehn Jahren habe sich eine Frau bei ihnen gemeldet, die vermutete,

daß es sich bei dem Findelkind um ihren Bruder
handele. Das überraschte mich nun wieder. Wie
war die Frau auf das Findelkind 2307 gekommen? Kannte sie das Suchdienstfoto? Und warum tauchte sie erst vor fünfzehn Jahren auf? In
den Neunzigern! Das Foto war in den fünfziger
Jahren in einer westfälischen Tageszeitung veröffentlicht worden. Ohne den Namen des Kindes
natürlich. Denn es war ja ein Findelkind. Ganz
offensichtlich hatte die Frau auch einen Suchantrag beim Roten Kreuz gestellt. Oder die Eltern
der Frau. Ich wußte aus den Unterlagen, daß es
auch früher schon andere Anwärter gegeben hatte, die vermuteten, daß das Findelkind 2307 ihr
eigenes Kind sei. Und da auch diese Anwärter
den Beweis einer leiblichen Verwandtschaft nicht
antreten konnten und das Kind dementsprechend
enttäuscht wurde, wurde meinen Eltern gar nicht
erst erlaubt, direkten Kontakt mit dem Kind auf-
zunehmen, damit es nicht noch einmal vergeb-
lich Hoffnung schöpfte, was für meine Mutter
natürlich um so schmerzlicher war. Was sie aber
nicht daran hinderte, dem Kind noch jahrelang
Weihnachtspäckchen ins Heim zu schicken, die

ihm allerdings als anonyme Spende übergeben wurden.

Ich hätte die Frau, die das Findelkind 2307 für ihren Bruder hielt, gern kennengelernt. Einerseits. Andererseits fand ich es auch ein wenig kränkend, nicht der erste und einzige Anwärter zu sein. Man konnte zwar nicht behaupten, daß die potentiellen Geschwister dem Findelkind 2307 das Haus einrannten, aber schon diese zweite Anwärterin war mir zuviel. Wer weiß, wer noch auftauchte. Jetzt begriff ich, warum der Mann meinen Besuch mit einer gewissen melancholischen Gelassenheit hinnahm. Ich war ein Déjà-vu-Erlebnis für ihn. Ganz abgesehen davon, daß er als Kind schon einmal seine Elternanwärter kennengelernt hatte. Mit dem DNA-Test war er gleichwohl einverstanden, und ich versprach, mich auch darum zu kümmern.

Wieder zu Hause, richtete ich per E-Mail eine Anfrage an den Suchdienst wegen der Kosten für den DNA-Test, doch der Suchdienst antwortete nicht. Der Suchdienst antwortete viele Wochen nicht. Möglicherweise war auch der Suchdienst melancholisch geworden nach so vielen Jahren und

Jahrzehnten vergeblicher Sohnes- beziehungsweise Brudersuche. Nach gehöriger Wartezeit schrieb
ich schließlich einen Brief an den Leiter des Suchdienstes, in dem ich noch einmal den Fall darstell-
te und darauf verwies, daß wir ja schon korre-
spondiert hätten.

Wenig später erhielt ich einen Anruf, in dem man
mir mitteilte, der Suchdienst komme für die Kosten des DNA-Tests nicht auf. Aber so teuer war
so ein Test auch nicht. Ich suchte nach einem entsprechenden Labor im Internet und erfuhr telefonisch, daß ein sogenannter Y-Chromosom-Test
ausreichen würde für eine Bruder-zu-Bruder-Be-
stimmung. Vorausgesetzt, daß kein Onkel oder
ein anderes Familienmitglied als Vater des Bruders
in Frage komme. Das wäre ja noch schöner, wenn
der Vater meines verlorenen Bruders einer meiner
Onkel hätte sein können. Ich verneinte entschie-
den, fast ein wenig beleidigt, und nahm dankend
das Angebot an, mir ein kostenloses DNA-Bru-
der-zu-Bruder-Test-Set zukommen zu lassen, das
auch prompt nach wenigen Tagen eintraf.

Das Test-Set kam in einem einfachen weißen
Briefumschlag und sah nach Privatpost aus. Kei-

ne Frankiermaschine, handgeklebte Briefmarken, kein Firmensender, sondern ein einfacher Name, der nicht mal ausgeschrieben war, und als Absender ein Postfach in Bergisch-Gladbach. Warum keine Adresse? Keine Straße? Kein Wohnhaus mit einem vernünftigen Vorgarten, wo man an der Tür klingeln konnte, oder wenigstens ein Bürogebäude im Industriegebiet. Nichts von alledem. In dem Brief waren drei Tütchen mit insgesamt sechs kleinen Bürstchen an einem jeweils sehr langen Stiel, die aussahen wie Zwischenraumzahnbürsten, die an einem Strohhalm befestigt waren. Ich hatte mir das Test-Set vielversprechender vorgestellt. Außer den sechs Bürstchen enthielt es noch einen »Auftrag Brudertest«, in dem man zwischen mehreren Bruder-zu-Bruder-Testoptionen wählen konnte: Angeboten wurde ein Y-Chromosom-Test für 2 Brüder zu 249 Euro, ein DNA-Test für 2 Brüder ohne Proben der Mütter für 449 Euro, ein DNA-Test für 3 Personen mit der Probe einer Mutter für 429 Euro und ein DNA-Test für 4 Personen mit der Probe beider Mütter für 419 Euro.

Ich fragte mich, was man wohl für ein Familienproblem haben mußte, wenn man einen Test für 4 Personen mit der Probe beider Mütter vornehmen ließ. Wer suchte da wen oder was? Auch verstand ich nicht ganz, warum ein DNA-Test für 3 Personen mit der Probe einer Mutter zwanzig Euro billiger war als ein DNA-Test für 2 Brüder ohne Proben der Mutter. Und schließlich: Was machte man mit den kleinen Bürstchen? Bevor ich nach einer Antwort auf diese Frage suchte, schaute ich mir den restlichen Inhalt der Sendung an: Da waren ein Prospekt für einen DNA-Thrombose-Test und drei Prospekte für einen Vaterschaftstest, auch »Easy-Test« genannt. Ich bin zwar kinderlos, aber man kann ja nie wissen. Und ein entsprechendes Gratis-Test-Set könnte ich mir auf jeden Fall schicken lassen, allein schon wegen der Bürstchen. Leider war kein Prospekt für den Bruder-zu-Bruder-Test selbst dabei, aber der Thrombose-Test verriet mir, wofür die Bürstchen gut waren: Man entnahm mit ihnen eine Probe aus der Mundschleimhaut von der Innenseite der Wange. Das haben wir alle schon mal im Fernsehkrimi gesehen, wenn der Sexualverbrecher gesucht wird und alle Männer des oberbayerischen Landkreises zum Test antreten müssen. Es kann wahlweise auch ein niedersächsischer Landkreis sein. Wobei man, falls man kein Test-Set-Bürstchen mehr hat, laut Prospekt statt dessen eine neue Zahnbürste dafür nehmen kann. Ich zitiere: »Die Zahnbürste packen Sie bitte nach dem Entnehmen der Probe in einen Briefumschlag.«

Ich packte das Test-Set erst einmal wieder ein und tat vorerst nichts. Mir gefiel die Idee nicht, irgendwelchen Leuten meine Mundschleimhaut ins Haus zu schicken. Und dafür Geld zu bezahlen. Die ganze Brudersuche gefiel mir plötzlich nicht mehr. Sind wir nicht alle miteinander verwandt? Und wen oder was suche ich, wenn ich meinen Bruder suche? Meine Eltern? Meine Großeltern? Ist mein ältester Bruder, wenn er denn mein ältester Bruder ist, näher an meinem Ursprung als ich selbst? Und will ich meinem Ursprung überhaupt nahe sein? Sollte ich mir nicht lieber folgende Verse aus den *Vier Quartetten* von T. S. Eliot zu eigen machen, in denen es heißt:

»Was wir Anfang nennen, ist oft das Ende
Und ein Ende machen heißt einen Anfang machen.
Das Ende ist unser Ausgang.«

Ich lasse die obigen Fragen als Forschungsfragen in eigener Sache im Raum stehen. Und stelle Eliots Verse dazu. Ich habe auch das DNA-Test-Set einschließlich meiner Mundschleimhaut- beziehungsweise Speichelproben noch nicht an das Labor zurückgeschickt. Allerdings habe ich dem Findelkind 2307 die Adresse des Labors mitgeteilt und inzwischen telefonisch erfahren, daß der Mann auch ein Test-Set bekommen hat. Wir haben vereinbart, daß ich das Startzeichen gebe, wann wir unsere Speichelproben auf den Weg schicken.

Ich habe das Startzeichen noch nicht gegeben. Zum einen wollte ich erst die Seriosität des Labors überprüfen, wußte nur nicht, wie. Ich bin ja schließlich kein Labortester. Da eine Freundin von mir bei der Stiftung Warentest arbeitet, habe ich bei ihr nachgefragt, ob es Testberichte über Testlabors gibt. Die gibt es nicht, hatte sie mir geantwortet und hinzugefügt: Sollten wir aber mal machen. Schließlich habe sich in den letzten Jahren ein regelrechter Markt für Verwandtschaftstests und vor allem Vaterschaftstests entwickelt. Auf die Stiftung Warentest konnte ich allerdings nicht warten. Ich hätte statt dessen zu meinem Hausarzt gehen können, was auch der Rat des Suchdienstes war, der mir aus verständlichen Gründen kein Labor empfehlen wollte, weil er so etwas aus wettbewerbsrechtlichen Gründen nicht tun darf. Doch ich habe gezögert, wie ich in dieser Angelegenheit mit allem gezögert habe. Meine Eltern haben ja auch gezögert. Die letzte Korrespondenz, die meine Mutter mit dem Suchdienst hatte, stammt aus dem Jahr 1977 und enthält einen Fragebogen, in dem ihr mehrere Fragen zum laufenden Suchauftrag gestellt wurden. Die vorletzte Frage war, ob der Suchdienst die Suche weiterhin aktiv betreiben solle mit Hilfe von Anzeigen, öffentlichen Suchmeldungen usw., worauf meine Mutter mit »Nein« antwortete. Die letzte Frage war, ob der Suchdienst die Suche einstellen solle, worauf meine Mutter ebenfalls mit »Nein« antwortete.

Ich habe ganz offensichtlich die Ambivalenz meiner Mutter in dieser Sache geerbt. Daß ich überhaupt so weit gekommen bin, habe ich vor allem dem Schreiben zu verdanken. Hätte ich den *Verlorenen* nicht geschrieben, hätte ich auch keinen weiteren Kontakt zum Suchdienst aufgenommen. Hätte ich die neuerlichen Dokumente nicht vom Suchdienst erhalten, hätte ich den *Menschenflug* nicht geschrieben. Hätte ich den *Menschenflug* nicht geschrieben, dann wäre ich auch nicht auf die Idee gekommen, es meinem Helden nachzutun und einen Kontakt mit dem Findelkind 2307 herzustellen. Das Leben ahmt die Kunst weit mehr nach als die Kunst das Leben, heißt ein Wort von Oscar Wilde. Mir scheint, als sei ich seit einiger Zeit dabei, dieses Wort in die Tat umzusetzen.

Allerdings läßt sich diese Nachahmung der Nachahmung, wenn ich bestimmte Bereiche meines gegenwärtigen Lebens einmal so nennen darf, nicht ohne Abweichungen von der Vorlage durchführen. Das Leben geht eigene Wege, so wie die Kunst ja auch eigene Wege geht. In meinem Fall war es eine Lesung in Bielefeld, die mir ersteres demonstrierte. Die Lesung fand in einer großen Buchhandlung am Jahnplatz statt. Draußen lärmte der Weihnachtsmarkt, innen leuchteten die Neonröhren, und die Buchhandlung war gut besucht. Ich wurde begrüßt und vorgestellt, und ich las aus dem *Verlorenen*, was eigens gewünscht war. Was gewünscht wird, das tue ich. Ich bin schließlich in einem Laden aufgewachsen und seit frühester Kindheit ein Wunscherfüller gewesen. Bevor ich Mama oder Papa sagen konnte, konnte ich sagen: Sie wünschen bitte?

Auf dem Büchertisch der Buchhandlung lag *Der Verlorene*, diesmal in einer gebundenen Sonderausgabe, dunkelgrün und elegant. Ganz so, wie ein Autor sich eine Sonderausgabe seines ja nicht mehr ganz taufrischen Buches erträumt. Ich freute mich über die Sonderausgabe, aus der ich dann auch vorlas statt aus meinem abgegriffenen Leseexemplar der Erstausgabe. Die Lesung als solche ging trotz der Unruhe vom Jahnplatz und dem Weihnachtsmarkt ruhig und konzentriert vor sich. Meine gelegentlichen Leseerfahrungen in Buchhandlungen in sogenannter 1a-Lage waren nicht immer die besten. Besonders angesichts der Tatsache, daß die meisten Menschen, die sich in den jeweiligen Buchhandlungen befanden, um kurz vor zwanzig Uhr die Buchhandlung verließen, statt hinein- und zu meiner Lesung zu gehen. Ich, der Autor, ging hinein, und die Menschen, meine Zuhörer, strömten hinaus. Zum Glück gab es die Azubis – die mußten bleiben.

So war es in Bielefeld nicht. Ich ging hinein und mit mir die Menschen, die mir zuhören wollten. Der Laden war voll, und ich erlebte eine Bielefelder Wunscherfüllung. Ich las aus dem *Verlorenen*, man hörte mir zu, selbst das Gedudel vom Weihnachtsmarkt wurde leiser und verstummte irgendwann ganz, und als ich zu Ende gelesen hatte, begann eine Diskussion. Über die Flucht und die Vertreibung, über Kindheiten in den fünfziger Jahren und darüber, was authentisch war in meinem Buch und was erfunden. Ich antwortete wahrheitsgemäß, ich hatte ja nichts zu verbergen, und die Wahrheit war, daß die Beschreibung der Suche einschließlich der verschiedenen Körperbauuntersuchungen insofern eine Fiktion war, als sie hinter meinem Rücken stattgefunden und ich sie nicht selbst erlebt hatte. Allerdings war es eine Fiktion, die ich mir anhand von echten Dokumenten ausgedacht hatte und die ich ohne diese Dokumente nicht hätte schreiben können. Es war eine Fiktion von etwas, was wirklich stattgefunden hatte.

Keine Fiktion, sondern Tatsache war, daß mein ältester Bruder Günter (im Buch heißt er Arnold nach dem Namen meines Vaters) im Januar 1945 auf der Flucht verlorengegangen war, uns Kindern gegenüber für tot erklärt, zugleich von den Eltern aber über viele Jahre, ja Jahrzehnte hindurch gesucht wurde. Die Arbeit am *Verlorenen* hatte mir geholfen, meine Kindheit besser zu verstehen. Sie war überschattet gewesen vom Trauma des Verlusts und der vergeblichen Suche meiner Eltern nach ihrem Sohn.

Von dieser Suche hatte ich nichts gewußt, aber ich spürte gleichwohl ihre Auswirkungen. Das Gefühl, daß das Leben beherrscht war von einer leeren Mitte, die trotz aller Anstrengungen, trotz aller Arbeit und allen Fleißes, den die Eltern Tag für Tag aufbrachten, nicht zu füllen war und gegen die auch die sonntäglichen Kirchgänge nicht halfen. Das war das Authentische, das war die Wahrheit, über die ich schon des öfteren gesprochen hatte und über die ich auch in Bielefeld sprach.

Es war zumindest so lange die Wahrheit, bis eine ungefähr fünfzig- oder fünfundfünfzigjährige Frau sich meldete und mir sagte, sie habe das ganze Wochenende mit ihrer achtzigjährigen Mutter über mich und mein Buch und meine bevorstehende Lesung gesprochen. Ich sagte, wie schön, das ehrt mich. Woraufhin die Frau sagte, sie sei eigens zu dieser Lesung gekommen, weil sie mir etwas mitteilen möchte, was sie von ihrer Mutter erfahren habe. Ich sagte Aha und Nanu und Da bin ich aber gespannt – und schließlich: Was möchten Sie mir denn mitteilen? Worauf die Frau sagte, ihre achtzigjährige Mutter habe meine Eltern nicht nur sehr gut gekannt, sondern sei bei der Flucht dabeigewesen und habe mit eigenen Augen gesehen, wie mein Bruder gestorben sei.

Daraufhin schwieg ich erst einmal. Auch das Publikum schwieg. Die Bielefelder Fußgängerzone versank in andächtige Stille. Nur vom Weihnachtsmarkt drang Gegröle von irgendwelchen Jugendlichen herüber, die anscheinend angetrunken waren. Das Bielefelder Schweigen tat mir allerdings nicht gut. Es war in Wahrheit auch nicht andächtig, sondern beklemmend. Wie denn anders, wenn einem während einer öffentlichen

Lesung eine Todesnachricht überbracht wird. Ich konnte nicht glauben, was ich gehört hatte. Aber ich konnte es auch nicht anzweifeln. Augenzeuge ist Augenzeuge. Und im Grunde war es ja gar nicht unwahrscheinlich, daß ein vierzehn Monate altes Kind auf so einer Flucht im tiefen polnischen Winter vor Erschöpfung oder Unterkühlung starb. An einer Lungenentzündung womöglich oder an hohem Fieber. Wenn es stimmte, was die Frau sagte, dann stellte dies allerdings meine ganze Familiengeschichte auf den Kopf. Dann hätten unsere Eltern mir und meinen beiden Brüdern, die wir alle nach Günter und bereits in Westfalen geboren sind, ja die Wahrheit gesagt, wenn sie sagten, daß Günter tot war. Und sie hätten gewissermaßen nur sich selbst belogen und vor sich selbst diese Lüge zugleich beständig beglaubigt, indem sie Günter jahrzehntelang suchten.

Das war mir zu kompliziert. So neurotisch konnte niemand sein, trotz aller Traumatisierung. Dann wäre das Findelkind 2307 und die Gewißheit, daß es sich um ihr Kind handelte, nur ein selbsterzeugter Wahn gewesen. Und schließlich: Dann wäre die jahrzehntelange Leidensgeschichte meiner Mutter, die sich immerfort nach ihrem verlorenen Kind sehnte, eine vollkommen verfehlte Leidensgeschichte gewesen. Und eine wissentlich verfehlte dazu. All das schoß mir, wenn auch nicht sehr klar konturiert, durch den Kopf, und ich wußte, daß ich mit der besagten Augenzeugin sprechen mußte, und sagte der Frau, wir sollten uns über alles Weitere nach der Lesung verständigen.

Ich hatte plötzlich keine Lust mehr darauf, dieses Gespräch vor dem gesamten Publikum zu führen. Ich verspürte auch Unmut gegenüber der Frau. Gehörte so eine Todesnachricht in eine öffentliche Diskussion? Hätte sie mich nicht nach der Lesung um ein Vier-Augen-Gespräch bitten können? Sie hatte es nicht getan, und ich konnte mit ansehen, wie eine junge Mitarbeiterin der Lokalzeitung sich fleißig Notizen machte. Nach der Lesung gab mir die Frau die Telefonnummer ihrer Mutter und versicherte mir, ich könne die alte Dame jederzeit anrufen. Ich nahm es mir vor und fuhr zurück nach Leipzig, wo ich zwei Tage später eine E-Mail vom Lokalchef der Lokalzeitung erhielt, der mir mitteilte, daß in seiner Zeitung gerade ein Artikel über meine Lesung erschienen sei, bei der es ja zu einer bewegenden Szene gekommen war. Wegen meines Bruders. Und daß seine Zeitung gern die weitere Entwicklung der Geschichte begleiten würde, falls ich damit einverstanden sei.

Ich reagierte nicht auf die Mail und wandte mich wieder meinen beruflichen Verpflichtungen in Leipzig zu. Prüfungen, Sprechstunden, Seminare, Gutachten, Lektüren und neue Studienordnungen. Bachelor und Master. Der Bolognaprozeß. Das European Credit Transfer System. Evaluierung und Akkreditierung. Gut, daß es das alles gab. Das war Gegenwart. Es lebe die Gegenwart. Ein Hoch auf das European Credit Transfer System. Ich war vergangenheitsmüde nach dem Bielefeld-Erlebnis. Bielefeld hatte mich erschöpft. Bielefeld hatte meinen historischen Sinn erschöpft. Ich wurde zum Nietzscheaner. Ich wollte vergessen. Der Morbus biographicus hatte ein weiteres Virus generiert und in mein Gehirn gepflanzt.

Ich setzte mich aufs Fahrrad und radelte durch den Clara-Zetkin-Park. Die Vergangenheit konnte mich mal. Ich sang eine Hymne auf Leipzig. Ich kniete nieder vor dem Hier und Jetzt. Die Krähen im Zetkin-Park schauten mich mit dunklen Augen an. Tief und leer. Ich wollte selbst eine Krähe sein – oder ein Eichhörnchen. Hatten Eichhörnchen ein Familientrauma? Nicht daß ich wüßte. Dachten die Krähen über ihr Leben nach? War mir nicht bekannt. Über der alten Pferderennbahn stieg Nebel auf. Die Holztribünen knarrten. Irgendwann würden sie zusammenbrechen. Ich glaubte Pferdegetrappel zu hören. Ich erinnerte mich. Etwas in mir erinnerte sich. Hier war ich schon einmal gewesen. Hier habe ich als Kind durch den Zaun geschaut. Hier hätte ich als Kind durch den Zaun schauen können. Den Schweiß der erhitzten Pferde riechen, die nach dem Rennen am Zaun vorbei in die Ställe geführt wurden. Ich stieg vom Fahrrad, schaute durch den Zaun und fühlte mich zu Hause.

Einerseits war mir immer bewußt, auf dieser Welt nur Gast mit beschränktem Aufenthaltsrecht zu sein. Andererseits habe ich mich schon an den entlegensten Orten zu Hause gefühlt. In der süditalienischen Stadt Salerno beispielsweise, wo ich längere Zeit gelebt und gearbeitet habe. Zuerst im Centro storico mit seinem mittelalterlichen Dom, den Zigarettenschmugglern und Maroniverkäufern, den Prostituierten, die sich an offenen Feuern wärmten, den Matrosen von den Frachtschiffen unten im Hafen – und gelegentlich grüßte mich auch der Dichter Tasso aus seinem matt erleuchteten Fenster heraus. Wenn ich durch Salernos Altstadt ging, dann war mir, als spazierte ich durch die Kulissen eines Fellini-Films – und wer würde sich in einer solchen Kulisse nicht zu Hause fühlen?

Leider konnte ich nur ein paar Wochen in der Altstadt bleiben. Die Vermieterin hatte Ärger mit der Guardia di Finanza, ihr Sohn saß bereits im Gefängnis, und sie wollte oder durfte keinen Untermieter mehr in ihrer Wohnung haben. Statt dessen zog ich nach Pastena – ein unansehnliches und aus Sechziger-Jahre-Wohnblocks bestehendes Viertel an der Ausfallstraße nach Paestum. Kein Tasso grüßte mich hier, keine Hure wärmte sich an einem Feuer, kein mittelalterlicher Dom öffnete dem Trostbedürftigen seine Pforten. Nur parkende Autos, Mietskasernen und ein zementgraues Meer, auf das ich von meinem Zimmer aus hätte blicken können, wäre der Blick nicht durch einen dieser Wohnblocks verstellt gewesen.

Doch wunderbarerweise fühlte ich mich auch in Pastena wohl. Gegen jede ästhetische Vernunft lernte ich nicht zuletzt in Pastena, daß die Welt, in der ich mich wohl fühle, so schön gar nicht sein muß. Sie kann sogar ziemlich unansehnlich sein, und ich fühle mich trotzdem wohl. Wobei ich mich in Pastena nicht nur wohl fühlte, sondern im Lauf der Zeit eine geradezu sentimentale Anhänglichkeit an das Viertel entwickelte. Jeden staubigen Straßenbaum schloß ich ins Herz. Jeder Klempnerladen und jede Autowerkstatt rührten mich an. Was zur Folge hatte, daß ich, als meine Dozententätigkeit an der Universität Salerno beendet war, mit heftigen Abschiedsschmerzen meine Sachen packte.

Und so wie damals in Pastena ist es mir eigentlich immer ergangen. Wohin ich auch ging und wie immer es an dem jeweiligen Ort ausgesehen haben mag: Es dauerte nicht lange, und ich wollte gar nicht mehr weg. Von einer Ausnahme abgesehen. Und das war mein Geburtsort. Von meinem

Geburtsort wollte ich immer weg. Vom Tag meiner Geburt an hatte ich nichts anderes im Sinn, als meinen Geburtsort so schnell wie möglich zu verlassen. Obwohl dieser in Wahrheit ja ganz unschuldige Ort nichts dafür konnte, daß ich in ihm geboren worden war. Es war mir möglich, mich auf der ganzen Welt mit den unwirtlichsten Orten zu arrangieren. Nicht mal in Süditalien mußte es wie in Italien aussehen. Nur meinem Geburtsort nahm ich von Anfang an übel, daß er nicht das zu bieten hatte, was sich mein Unbewußtes anscheinend von einem halbwegs akzeptablen Geburtsort erwartete: ein ganzjährig trockenes, warmes und sonniges Klima, den Geruch von Meer und Salz, Palmen am Straßenrand und Bougainvilleen in den Gärten, historische Bausubstanz, die durchaus bis in die Antike zurückreichen durfte, den einen oder anderen Renaissancepalast, in dem junge Frauen mit Namen wie Elena, Erminia oder auch Lucia wohnten.

Das ist, ich gebe es zu, vielleicht etwas viel verlangt für eine ostwestfälische Kleinstadt. Dabei weiß ich sehr wohl, daß man die Welt nicht mit Wünschen und Sehnsüchten überfordern soll. Weder die Welt, aus der man kommt, noch die, in die man irgendwann geht. Letzteres gelingt mir besser als ersteres. Meinem Geburtsort werde ich wohl auf ewig nachtragen, daß ich in ihm geboren wurde und daß er sich nicht in der Toskana, sondern irgendwo zwischen Münster- und Lipperland befindet. Leipzig dagegen, wo ich nun auch schon seit einem Dutzend Jahren lebe, trage ich gar nichts nach. Im Gegenteil. In Leipzig ist gewissermaßen alles schön. Die schiefen Bürgersteige, der Fabrikschornstein am Ende meiner Straße, der Spätladen mit seinem zurückhaltenden Sortiment, die bereits erwähnten immer hungrigen Eichhörnchen im Zetkin-Park, die Sumpfbiber unter der Fußgängerbrücke, die anarchistische Zeitschrift *Feierabend* im Briefkasten, die sommerlichen Grillfeuer unter meinem Balkon und mein ungeputztes Fahrrad an der Hauswand – alles schön.

Wobei ich, wenn ich Leipzig sage, insofern eine Einschränkung machen muß, als ich eigentlich nur Plagwitz und Schleußig sagen kann. Ich wohne zwar schon seit mehr als zehn Jahren in Leipzig, habe aber bisher nur in Plagwitz und Schleußig gewohnt. Zudem habe ich meine Plagwitzer Wohnung immer als zu Schleußig gehörig betrachtet, bis mir meine Friseuse, die ihr Geschäft genau auf der Grenze zwischen den beiden Vierteln betreibt, erklärte, hinter der Eisenbrücke am Ende der Könneritzstraße sei Schluß mit Schleußig. Mir war es recht, obwohl ich wußte, daß es manche Leipziger gab, die Wert auf den Unterschied zwischen Plagwitz und Schleußig legten. Das tat ich nicht. Ich legte nur Wert darauf, daß über und unter mir kein Techno-Fan mit der entsprechenden Musikanlage wohnte. Und daß mir mein seit zehn Jahren auf der Straße abgestelltes Fahrrad auch weiterhin nicht geklaut würde. Mehr erwartete und wünschte ich nicht. Keine Palmen, keine antiken Säulen und natürlich auch keine venezianischen Gondeln, obwohl zwei von diesen lackglänzenden Hadesbooten seit einiger Zeit durch Schleußigs Gewässer glitten. Als wäre meine jugendliche Sehnsucht, die Welt insgesamt möge sich recht bald in ein versinkendes Venedig verwandeln, plötzlich in Leipzig erhört worden. Doch Leipzig versank nicht. Auch das war akzeptabel.

Leipzig sollte bleiben, wie es war. Nicht nur die Pferderennbahn, auch die Fußgängerbrücke über der sogenannten Weißen Elster beziehungsweise dem Elsterflutbett. Hier hielt ich, stieg vom Fahrrad und sah den Ruderern nach, die dort regelmäßig trainierten. Ich dachte an Brechts Gedicht *Rudern, Gespräche*, in dem er uns ein Beispiel für die Dialektik des Alltags lieferte: »Nebeneinander rudernd sprechen sie. Sprechend rudern sie nebeneinander.« Das war schön gesagt, entsprach allerdings nicht ganz der Realität, denn ich sah die Ruderer wohl rudern, aber nicht sprechen, vielmehr heftig atmen. Der einzige, der sprach beziehungsweise schrie, war der Trainer, der auf einem Motorboot nebenherfuhr und mit dem Megaphon seine Anweisungen gab. Die Wahrheit war eben nicht immer so dialektisch-ausgewogen, wie uns das die Dichter zuweilen glauben machen möchten.

Heftig atmend ruderten die Ruderer gegeneinander. Mit ruhigem Pulsschlag blickte ich ihnen nach, bevor ich wieder aufs Fahrrad stieg, um nach Hause in meine Schleußiger Wohnung zu fahren. Dort lag der Briefumschlag mit dem

DNA-Test-Set. Und daneben die Telefonnummer der Bielefelder Augenzeugin. Wenn sie recht hatte, dann brauchte der DNA-Test nicht mehr gemacht zu werden. Ich mußte die Frau anrufen, bevor ich dem Findelkind das Startzeichen zum Abschikken der Speichelprobe gab. Aber ich hatte keine Lust anzurufen. Ich verschob das Anrufen auf das nächste Wochenende. Ich bin kein Mensch, der gerne anruft. Schon gar nicht in Bielefeld. Ich rief auch am nächsten Wochenende nicht an. Ich hatte eine Anrufhemmung. Irgendwann rief ich doch an. Ich konnte das Findelkind nicht warten lassen. Ich wählte die Nummer, die mir die Frau in der Buchhandlung auf einen Zettel geschrieben hatte. Ich hörte nichts. Kein Laut kam aus der Leitung. Nicht einmal eine Stimme, die »Kein Anschluß unter dieser Nummer« sagte. Ich wählte noch einmal. Plötzlich knackte es in der Leitung, dann hörte ich, wie es klingelte. Es klingelte in Bielefeld. Ich sah, wie eine achtzigjährige Dame sich langsam aus einem Sessel erhob und zum Telefon ging. Es war ein altmodisches Telefon, das auf einer Anrichte neben einer Kristallvase stand. Ich sah, wie die alte Dame zu diesem altmodischen Hörer griff und ihn, ohne zu zögern, abnahm. Noch ehe sie den Hörer ans Ohr halten konnte, legte ich wieder auf. Zum Telefonieren war schließlich auch morgen noch Zeit.

8

Ein paar Tage später habe ich mir einen Ruck gegeben und die Frau ein weiteres Mal angerufen.
Ohne lange Vorreden habe ich sie gefragt, ob die
Auskunft ihrer Tochter stimme, wonach sie mit
eigenen Augen gesehen habe, daß mein Bruder
auf der Flucht gestorben sei. Und ebenfalls ohne
Umschweife sagte sie mir, sie sei nicht mit meinen Eltern zusammen auf der Flucht gewesen und
könne folglich auch nicht gesehen haben, daß
mein Bruder gestorben sei. Sie nehme es allerdings
an, da man es ihr erzählt habe. Wer es ihr erzählt
habe, wisse sie jedoch nicht mehr, vielleicht seien
es sogar meine Eltern selbst gewesen. Denn sie
stamme nicht nur aus der gleichen Ortschaft wie
meine Mutter, sie habe auch nach dem Krieg des
öfteren Kontakt zu meinen Eltern gehabt. Sie sei
sogar einige Male bei uns zu Hause gewesen, und
sie erinnere sich daran, daß meine Brüder und ich
bei einem ihrer Besuche sehr frech gewesen sei-
en und ständig mit den Türen geklappert hätten.
»Seid ihr frech gewesen, habt ihr mit den Türen

geklappert«, sagte sie mit östlichem Akzent, und es hörte sich an wie: »Seid ihr frech gewesen, habt ihr mit den Tieren geklappert.« Sie sagte das in einem strengen und vorwurfsvollen Ton, als ob ich mich noch heute dafür schämen müsse. Es war ja auch erst ein halbes Jahrhundert her. Ich schämte mich aber nicht, oder nur ein wenig, und fragte die Frau, wie denn ihr Heimatort, der ja auch der Heimatort meiner Mutter war, geheißen habe. Ich hätte in den Unterlagen nur den Namen Anatolien gefunden, aber ein Anatolien gebe es auf der polnischen Landkarte nicht. Darauf sagte die Frau, der Ort heiße auch nicht Anatolien, sondern Anatolin, und er grenze unmittelbar an die Ortschaft Leonberg, eine Schwabensiedlung, die heute Lwówek heiße.

Ich ließ mir von ihr beide Ortsnamen buchstabieren und notierte sie, ich wollte sie auf keinen Fall wieder verlieren. Es stellte sich heraus, daß die Frau sich überraschend gut in meinen Familienverhältnissen auskannte, über die verschiedensten Onkel und Tanten Bescheid wußte und auch meine Großeltern mütterlicherseits gekannt hatte, von denen ich noch nicht einmal die Namen wußte, geschweige denn ein Foto oder sonst etwas besaß. Die Frau sagte, sie habe meine Großeltern sogar besser als meine Eltern gekannt, da erstere wiederum mit ihren Eltern gut bekannt gewesen seien. Ich dankte der Frau für ihre Auskünfte und bat darum, sie einmal besuchen zu dürfen, wogegen sie nichts hatte, und sie lud mich ein, jederzeit vorbeizukommen. Ich habe die Frau bisher allerdings nicht besucht und werde sie wohl auch nicht besuchen. Das Gespräch hatte mich eingeschüchtert. Ich wollte mir keine weiteren Vorwürfe anhören, daß ich vor fünfzig Jahren frech gewesen sei und mit den Tieren beziehungsweise Türen geklappert habe. Die Worte der Frau und die Stimme hatten mich in ungute Kindheitszeiten versetzt. Schuldgefühle krochen in mir hoch. Ich hörte die Türen klappern. Ich war frech gewesen. Es war lachhaft, aber ich spürte die Schuldgefühle trotzdem. Und ich hörte zugleich den Chor schimpfender und zeternder Erwachsener, Eltern, Onkel, Tanten und Nachbarn, die sich über mich beschwerten. Ich würde die Frau nicht mehr anrufen. Und besuchen erst recht nicht. Niemals würde ich nach Bielefeld fahren. Ausgerechnet Bielefeld, wo mir die Eltern meinen Konfirmationsanzug gekauft hatten in einem Geschäft, das *Der Spezialist* hieß. Und wo ich mir einige Jahre später in der sogenannten Brockensammlung der Bodelschwinghschen Anstalten (»Sammelt die übrigen Brocken, daß nichts umkomme«, heißt es in der Bibel) einen räudigen, schwarzen und bodenlangen Pelzmantel zugelegt hatte, um wie ein russischer Anarchist durch Ostwestfalen zu laufen.

Ausgerechnet Bielefeld. Noch während ich mit der alten Frau telefonierte, spürte ich wieder meine alte Abneigung gegen Bielefeld, die sich manchmal zu einem regelrechten Bielefeldhaß steigern konnte, aus dem zuweilen ein echter Welthaß wurde. Heute weiß ich, daß der Bielefeldhaß sich in Wahrheit einer Bielefeldenttäuschung verdankte. Bielefeld hatte Sehnsüchte in mir geweckt, aber nicht erfüllt. Insofern war auch der Welthaß nur eine Bielefeldenttäuschung gewesen. Er fühlte sich trotzdem wie ein Haß auf alles an. Diesen Haß auf alles hatte ich als Kind ziemlich oft gespürt. Schon als Kleinkind hatte ich ihn gespürt. Ich haßte es, wenn der Kinderwagen schaukelte oder wenn mir ein Schnuller in den Mund geschoben wurde. Selbst die Mutterbrust hatte ich gehaßt, falls ich überhaupt gestillt wurde. Insofern war es auch kein Wunder, daß ich meine Heimatstadt gehaßt hatte und den Himmel darüber, der manchmal so tief hing, daß man sich platt auf den Boden legen mußte, um nicht davon erdrückt zu werden. Natürlich leide ich heute nicht mehr an diesem Haß auf alles, ich glaube, heute verfüge ich über ein ausdifferenziertes Gefühlssystem und kann meine Abneigungen und Vorlieben auf die Dinge und Menschen lenken, auf die ich sie lenken möchte. Aber gelegentlich und zuweilen bei den geringfügigsten Anlässen versagt mein so ausdifferenziertes Gefühlssystem, und dann ist er wieder da, dieser Haß auf alles, und statt mich auf einen ordentlich eingegrenzten und zielgerichteten Bielefeldhaß zu beschränken, hasse ich plötzlich die ganze Welt. So ein geringfügiger Anlaß konnte offensichtlich ein Telefonat mit einer alten Bielefelder Dame sein, die mir nichts getan hatte, von den Vorwürfen wegen des Türenklapperns einmal abgesehen. Doch noch während die alte Frau an der Strippe war, spürte ich, wie sehr mir das alles auf die Nerven ging, die Heimat, die Familie, die Herkunft, die ganze Stammbaumforschung, die ohnehin nur bis zu den Eltern reichte, und noch während die Frau auf mich einredete mit ihrem Schlesisch, Ostpreußisch oder Pommersch oder was immer sie sprach, fühlte ich mich für einen Moment lang wieder wie der Anarchist im räudigen Pelz aus der Brockensammlung, der am liebsten eine Bombe geworfen hätte auf Bielefeld, den Stammbaum, auf Ostwestfalen, Rußland, Polen, die Vergangenheit, die Gegenwart und alles andere auch.

Was hatte ich gewonnen, wenn ich den Geburtsort meiner Mutter kannte? Es wird ein Ort wie tausend andere sein. Ein tristes polnisches Kaff. Aber da ich nun den richtigen Namen des Ortes wußte, blieb mir nichts anderes übrig, als dorthin zu reisen. Ich mußte das traurige Kaff mit eigenen Augen sehen. Ich wollte und mußte mit eigenen Augen sehen, daß es dort nichts zu sehen gab. Ich war ja schließlich auch nach Bryschtsche gereist, um nichts zu sehen. Um dann wider Erwarten doch etwas zu finden: eine Kindheitserinnerung, obwohl aus zweiter Hand.

Wo Bryschtsche lag, hatte ich dank der von Hand gezeichneten Wolhynienkarte des Heimatvereins herausgefunden. Wo Anatolin und Lwówek lagen, mußte ich erst noch klären. Ich versuchte es im Internet und fand Hinweise auf mehrere Lwóweks. Da ich nicht wußte, welches das richtige war, gab ich »Anatolin« in die Suchmaschine ein und fand nach zwei Zehntelsekunden eine Literaturliste, in welcher die besagte Broschüre mit dem Titel *Leonberg. Eine Schwabensiedlung im Kreis Gostynin/Polen* aufgeführt wurde.

Einen Hinweis auf Anatolin fand ich allerdings nicht, aber Leonberg war Lwówek, und das Lwówek, das ich suchte, befand sich im Kreis Gostynin. Ich war also auf der richtigen Spur. Das Buch war in einem Bad Kreuznacher Selbstverlag erschienen, der Name des Verfassers wurde ebenfalls genannt. Ich konsultierte das Telefonbuch, fand den Namen des Mannes und rief ihn an, um sein Buch bei ihm zu bestellen. Der Mann war erfreut, einen Interessenten für sein Buch am Telefon zu haben. Er versprach, mir das Buch zu schicken, gegen Rechnung natürlich, wofür ich vollstes Verständnis hatte. Zugleich wollte er alles über meine Familie wissen. Es stellte sich heraus, daß er sowohl meine Großeltern mütterlicherseits als auch meine Mutter und ihre Geschwister gekannt hatte. Nicht alle, es waren immerhin zwölf gewesen, aber einige von ihnen. Er glaubte darüber hinaus, meinen Vater zu kennen, was mir aber unwahrscheinlich erschien. Er glaubte sogar zu wissen, auf welchem Gut mein Vater als sogenannter selbständiger Landwirt tätig gewesen war. Ich war fast froh, daß er nichts über die Flucht meiner Eltern und meinen verlorenen Bruder wußte. Aber Anatolin kannte er. Allerdings sprach er immer von Anatolien, was mir in gewisser Weise auch auf die Nerven ging. Gerade war ich dieses Anatolien dank der Bielefelder Dame losgeworden, nun hatte ich es wieder am Hals. Ich sagte dem Mann, meines Wissens und nach Auskunft des Harsewinkler Archivars gebe es in ganz Polen kein Anatolien, es müsse sich um Anatolin handeln, wenn überhaupt. Die Schwaben, sagte er, nennen Anatolin halt Anatolien, das sei schon immer so gewesen. Und auf diese Weise war der Name wohl in die deutschen Dokumente gekommen. Der aus Polen vertriebene Schwabe

hatte dem deutschen Beamten des Einwohner-
meldeamtes in seinem neuen westfälischen oder
niedersächsischen Wohnort einfach Anatolien als
Geburtsort genannt, und der deutsche Beamte
hatte Anatolien auf den Meldezettel und später
in den Personalausweis des aus Polen vertriebenen Schwaben geschrieben. Nun war auch dieses
Rätsel gelöst.
Ich dankte dem Mann im voraus für die Bereit-
schaft, mir sein Buch zu schicken. Er sagte, es be-
fänden sich Auszüge aus dem Buch in englischer
Sprache im Internet, einschließlich einer Karte
von Lwówek beziehungsweise Leonberg, auf
der auch die Ortsteile Anatolin und Remki eingezeichnet seien samt den einzelnen namentlich
benannten Höfen. Ich fragte nicht zurück, wieso
sich sein Buch in englischer Sprache im Internet
befand. Das wollte ich gar nicht erst wissen, anscheinend befand sich alles mittlerweile im Internet. Nach dem Ende des Telefonats bin ich sofort
ins Internet gegangen und habe nach englischen
Seiten mit den Stichworten Anatolin, Leonberg
und dem Namen des Mannes gesucht und eine
Zeitschrift mit dem Titel SGGEE gefunden, was

vollständig bedeutete: *Society for German Genealogy in Eastern Europe.* Die Zeitschrift wurde in Kanada herausgegeben, in der besagten Ausgabe vom Dezember 2001 stand in der Tat ein Aufsatz des Mannes aus Bad Kreuznach über das im Kreis Gostynin gelegene Leonberg. Der Text hieß *Leonberg, History of Swabian Settlement in the Gostynin District from its Establishment 1801-1805 to Banishment in 1945,* und gleich danach fand sich ein Text mit dem Titel *My Memories of Wolhynia.* Das war praktisch. Hier hatte ich alles beieinander. Den Warthegau und Wolhynien, Anatolin und Bryschtsche.

Ich war also mit der *Society for German Genealogy in Eastern Europe* bestens bedient, hatte aber plötzlich keine Lust mehr auf englischsprachige Aufsätze und wollte auf das Original warten, das mich auch ein paar Tage später erreichte. Ein Privatdruck, aber im Großformat mit zahlreichen Dokumenten und Fotos, etwas aufwendiger gemacht als die hektographierten Mappen des Heimatforschers aus dem Harz beziehungsweise Bryschtsche. Wenn man bedenkt, wie viele Menschen 1945 aus wie vielen Dörfern und sogenannten Kolonien vertrieben worden sind, dann mußte es in deutschen Wohnstuben und auf deutschen Dachböden Abertausende solcher hektographierten und selbstproduzierten Heimatforschungsbroschüren mit den entsprechenden selbstgezeichneten Landkarten geben, die wiederum von Abertausenden womöglich pensionierten heimatforschenden Vertriebenen in monate- und jahrelanger Arbeit erstellt worden sind und die sie am Ende wohl nur noch selbst interessierten. Wenn überhaupt. Und falls nicht jemand wie ich auftauchte, der in gewisser Weise ein Glücksfall für die Verfasser der Broschüren über Bryschtsche und Leonberg beziehungsweise Anatolin war und ihnen die Broschüren gleichsam aus den Händen riß.

Das erste Dokument war eine Regierungsurkunde aus dem Jahr 1817 über die Ansiedlung von deutschen Kolonisten im Königreich Polen, welche in strengem Ton gehalten war. So hieß es beispielsweise in Artikel VII: »Jeder Kolonist muß sich mit dem ihm angewiesenen Ort begnügen indem ihnen selbst die Auswahl nicht freysteht.« Ein längeres Kapitel war auch der »Schulchronik

von Leonberg von 1804/05 bis Dezember 1944«
gewidmet. Fast hundertfünfzig Jahre Leonberger
Schulchronik. So genau wollte ich das alles nicht
wissen. Allerdings befand sich innerhalb der
Schulchronik das Klassenfoto, auf das der Post-it-
Zettel mit dem Hinweis auf meine Mutter geklebt
war. Am Ende der Broschüre war eine Karte aus
gelbem Karton eingelegt, ebenfalls handgezeich-
net und mit der Signatur des Verfassers versehen.
Auf der Karte war zu erkennen, daß Anatolin aus
ungefähr vierzig größeren und kleineren Gehöf-
ten und genau wie Bryschtsche aus einer einzigen
Straße bestand. Über diese Straße, die in südli-
cher Richtung und im rechten Winkel von Leonberg beziehungsweise Lwówek abzweigte, würde
ich bald selbst gehen. Koste es, was es wolle. Dabei kostete es ja gar nicht viel. Wenn ich zweiter
Klasse fuhr, vielleicht siebzig oder achtzig Euro.
Eine Reise in die auf immer verlorene Welt für
siebzig oder achtzig Euro.
Bevor ich nach Polen reiste, hatte ich den vereinbarten Startschuß für den DNA-Test gegeben,
der darin bestand, daß ich meine Speichelprobe
an das Findelkind schickte und das Findelkind

meine und seine Speichelprobe an das Labor wei-
tersandte. Wir konnten uns nicht beschweren.
Eine mögliche Familienzusammenführung für
249 Euro, was wollte man mehr. Plötzlich war
alles ganz einfach und ziemlich preiswert. In fünf
Stunden war ich von Berlin aus in Kutno. In nicht
mal sechs, wenn ich gleich mit einem Wagen wei-
terfuhr, in Anatolin. Für meine Mutter hatten
fünfzig Jahre nicht ausgereicht, um noch einmal
dorthin zu kommen.

9

Jetzt waren es auch keine fünf Stunden mehr. Es waren nur noch fünfzehn Minuten. Die alte Dame stand schon ausstiegsbereit im Gang. Ich packte meine Sachen zusammen, das Ukraine-Buch, das Mitteleuropa-Buch sowie die Leonberg-Broschüre. Das einzige, was mich mit Kutno bisher verbunden hatte, war eine Notiz im Lebenslauf meines Vaters, wo sich unter den Jahreszahlen 1946/1947 der Eintrag »Kampf um das Postsparbuch Kutno« fand. Höchstwahrscheinlich war es ein verlorener Kampf gewesen.

Auch Kutno hatte einen »Rynok«, einen zentralen Marktplatz, und eine Fußgängerzone. Es gab einen Fluß, den man passierte, wenn man vom Bahnhof aus ins Zentrum ging, es gab Fernwärmerohre, die zum Teil am Flußufer entlangführten, ein paar abrißreife Häuser und sehr wenig Autoverkehr. Außerdem roch es nach Braunkohle. Wenn es denn Braunkohle war. Vielleicht war irgendwo in der Gegend auch ein Chemiewerk. Ich hatte mir vorgenommen, in Kutno zu über-

nachten und am nächsten Tag bis Zychlin weiter-
zufahren. Dort wollte ich einen Wagen mit Fahrer
mieten. Es war kein Problem, in Kutno ein Hotel
zu finden. Schon in Bahnhofsnähe gab es eines,
das mir aber nicht gefiel. Am Marktplatz sah ich
in einem Infokasten einen Hinweis auf ein Hotel,
das dem Foto nach zu urteilen einem Landhaus
mit Garten in ländlicher Umgebung glich. Das
Hotel war auch eine Art Landhaus mit Garten,
aber nicht in einer ländlichen Umgebung, sondern
an einer der Ausfallstraßen nördlich des Markt-
platzes. Ich nahm mir trotzdem ein Zimmer, das
überraschend komfortabel und mit einem geräu-
migen Badezimmer ausgestattet war. In der Wan-
ne hätte man sehr gut zu zweit baden können. Ich
badete allein, aß im Hotelrestaurant als einziger
Gast in einem mit Stofftapeten, Ölgemälden und
einem monumentalen Kronleuchter ausgestatte-
ten Raum, der die ganze Zeit aus mehreren Laut-
sprechern mit Radiomusik beschallt wurde. Ich
aß, so schnell ich konnte, und zog mich dann in
mein Zimmer zurück.

Am nächsten Morgen und nach einer traumlosen
Nacht machte ich mich wieder auf den Weg zum

Bahnhof. Es war sonniges Wetter mit einer angenehmen Morgenkühle, aber man sah es der Luft schon an, daß es ein heißer Tag werden würde. Die Bahnfahrt von Kutno nach Zychlin dauerte eine halbe Stunde, während derer ich dann, wie alte Damen das tun, vor mich hin träumte. Ich hatte keine Lust zu lesen, nichts über Mitteleuropa, nichts über die orangene Revolution, die ja sowieso nicht hierhergehörte, und auch nichts über Leonberg oder Anatolin. Ich wollte das Ziel meiner Recherche mit möglichst leerem Kopf erreichen, wollte nur Auge sein, nur sehen und gegebenenfalls über mich und mein Leben nachdenken.

Der Bahnhof von Zychlin lag offenbar außerhalb der Ortschaft. Ich hatte das ungute Gefühl, daß hier die Welt zu Ende war, als ich vor das Bahnhofsgebäude trat. Der Bahnhofsvorplatz war von Bäumen gesäumt, auf denen die Krähen regierten. Ganze Schwärme hatten sich darauf niedergelassen, die einen ziemlichen Lärm veranstalteten. Warum mußten Krähen immer so laut sein. Gegenüber dem Bahnhofsgebäude war ein Gutsgelände mit säulenverziertem Herrenhaus,

Gesindegebäuden und Stallungen. Aber alles schien verlassen. Keine Menschenseele war zu sehen. Auch auf dem Bahnhofsvorplatz war niemand. Zum Glück war der Fahrkartenschalter besetzt. Und zudem mit einem jungen Mann, der recht gut Deutsch sprach. Ich fragte ihn, ob es einen Bus nach Lwówek beziehungsweise Anatolin gebe. Daß keine Bahnlinie existierte, wußte ich. Aber auch einen Bus gab es nicht, und um ein Taxi zu finden, hätte ich erst in die Stadt fahren müssen. Doch einen Bus in die Stadt gab es auch nicht. Der Mann bot mir an, einen Wagen mit Fahrer zu besorgen. Er telefonierte von seinem Diensttelefon aus, und nach einer halben Stunde holte mich ein älterer Mann mit seinem Privatwagen vom Bahnhofsvorplatz ab und brachte mich nach Anatolin, wo er mich am Ortseingang absetzte. Der Mann sprach kein einziges Wort Deutsch, und ich sprach kein Polnisch. Mit Hilfe eines Zettels, auf dem ich die Uhrzeit notierte, vereinbarten wir, daß er mich in zwei Stunden wieder abholte. Ebenfalls am Ortseingang. Um einmal die einzige Straße des Dorfes auf und ab zu gehen, würden zwei Stunden sicher ausreichen. Bevor der Mann abfuhr, bat ich ihn, ein Foto von mir unter dem Ortsschild zu machen. Der Beweis, daß ich hier gewesen war. Ein solches Foto hatte ich schließlich auch von Bryschtsche. Das Ortsschild hatte allerdings keinen Sternenkranz. Keinen von der Europäischen Union und keinen von Maria. Es war auch nicht blau, sondern grün, und es war mit zwei Ortsnamen versehen: oben stand Anatolin und darunter ein durchgestrichenes Lwówek.

Um die Dorfstraße auf und ab zu gehen, genügten zwanzig Minuten. Denn es befanden sich nicht annähernd vierzig Gehöfte an der Straße, aber das war ja der Vorkriegszustand gewesen. Nun waren es vielleicht ein Dutzend, und eines davon war eine Ruine. Ich bildete mir ein, diese Ruine hätte das Großelternhaus gewesen sein können. Hier hatte meine Mutter mit ihren Eltern und zwölf Geschwistern gelebt. Aber ich wußte zugleich, daß dies nur eine Einbildung war. Vor dem Haus neben der Ruine sah ich eine Frau, die damit beschäftigt war, Wäsche im Garten aufzuhängen. Ich hätte gern mit ihr gesprochen, konnte ihr aber nur ein »Dzine dobry!« zurufen. Die

Frau grüßte freundlich zurück und musterte mich ein paar Sekunden lang. Dann wandte sie sich wieder ihrer Wäsche zu. Ich ging ein paarmal um die Ruine herum. Ich hatte das Haus jetzt adoptiert. Mein Großelternhaus! Mein Ursprung! Ich war gerührt. Hinter dem Haus konnte ich mich inmitten des verwilderten Gartens auf einen Haufen vermooster Ziegelsteine setzen und die Landschaft betrachten. Sie war bedrückend eintönig. Die ganze Gegend schien bis zum Horizont aus einer einzigen unbestellten Ackerfläche zu bestehen. Nur am Ende sah man die Schemen eines Wäldchens, und knapp davor glaubte ich zwei Menschen zu erkennen. Die einzigen Lebewesen weit und breit, einmal abgesehen von der Frau mit der Wäsche und einer Lerche, die sich pfeilförmig direkt über mir in den blauen Sommerhimmel schraubte.

Die Lerche ermutigte mich, einen Spaziergang zu machen. Ich hatte noch anderthalb Stunden Zeit, und ich wußte nicht, was ich länger auf der Dorfstraße tun sollte. Ich verabschiedete mich von der Ruine, an die ich so gern geglaubt hätte, und machte mich auf den Weg Richtung Wäldchen. Die Lerche war nach einiger Zeit noch immer über mir. Fast hatte ich das Gefühl, sie folgte mir. Vielleicht aber war es auch eine andere Lerche. Inzwischen brannte die Mittagssonne auf die Felder, und ich sehnte mich nach dem Wäldchen. Die beiden Personen waren einige Zeit verschwunden gewesen, aber jetzt glaubte ich sie wieder am Rande des Wäldchens zu sehen. Ich sah eine rote und eine blaue Jacke am Wäldchenrand aufleuchten, und dann sah ich, wie aus einer roten und einer blauen Jacke eine blau-rote Jacke mit insgesamt vier Ärmeln wurde. Die rote und die blaue Jacke umarmten sich. Ich mußte an das Pärchen aus dem Zug denken. Besonders an das Mädchen natürlich. An ihren Bauchnabel mit der Perle. Ich wäre gern die blaue Jacke gewesen, die die rote Jacke am Rande des Wäldchens umarmte. Ich wäre gern ein Junge aus Anatolin gewesen, der sein Mädchen aus Anatolin in das Wäldchen führte. Wo hätte man hier auch hingehen können?

Nachdem ich einen baufälligen Unterstand zwischen den Feldern passiert hatte, waren die beiden verschwunden. Ich wollte nicht mehr an sie denken. Solche Gedanken waren jetzt ganz unpassend. Ich hätte gern gewußt, wie der DNA-Test ausgegangen war. Es sollte nur ein paar Tage dauern, bis das Ergebnis dem Findelkind mitgeteilt werden würde. Möglicherweise wußte der Mann das Ergebnis bereits. Ich freute mich auf den Familienzuwachs. Das Findelkind war ein sympathischer Mann, der zudem eine Tochter hatte, die Australische Schäferhunde züchtete. Ich freute mich auf die Australischen Schäferhunde. Ich wäre gern mit einem Australischen Schäferhund über die Felder von Anatolin Richtung Wäldchen gegangen. Ich wäre gern im Paradies gewesen. Irgendwoher hörte ich das Motorengeräusch eines Traktors. Anscheinend lagen doch nicht alle Felder brach. Es war nicht mehr weit bis zum Wäldchen. Ich ging unmerklich langsamer. Ich glaubte Stimmen zu hören, eine Männer- und eine Frauenstimme. Trotz des Traktorenlärms. Ich ging in das Wäldchen hinein, konnte aber niemanden sehen. Direkt vor mir war eine grasbewachsene und sonnenbeschienene Mulde, und ich spürte plötzlich, wie müde ich war. Ich legte mich in die Mulde. Der Boden war warm. Ich legte mich in ein gemachtes Bett. Vielleicht hatte ich das Pärchen daraus vertrieben.

Der Boden war so warm und die Mulde so weich, daß ich schon nach wenigen Minuten einschlief. Ich lag in der Muttererde. Ich träumte, wie mein junger Vater meiner jungen Mutter in diesem Wäldchen ein Kind machte. Wo hätten sie sonst hingehen sollen? Ich träumte, wie mein nicht mehr so junger Vater die warme Milch der Polen trank. Ich wachte verschwitzt und mit einem bitteren Geschmack im Mund auf. Die Lerche war verschwunden. Nur der Traktor lärmte noch. Ich mußte zurückgehen, mein Fahrer würde bald kommen. Ich verließ so schnell, wie ich konnte, das Wäldchen. Ich wollte weder dem Traktorfahrer noch dem Liebespaar begegnen, wenn es denn eines war. Ich wollte nicht erwischt werden, obwohl ich ja nichts gemacht hatte. Ich vertrieb mich aus dem Paradies. Und ich wollte wissen, wie der DNA-Test ausgegangen war. Die Telefonnummer des Findelkindes hatte ich in meinem Handy gespeichert. Warum sollte ich den Mann nicht anrufen? Warum sollte ich ihn nicht jetzt anrufen? Mein Telefon funktionierte auch in Anatolin. Ich wählte die Nummer, und er war gleich am Apparat. Ich fragte, ob er das Testergebnis bekommen habe. »Ja«, sagte er. »Und?« fragte ich. »Negativ«, sagte er. Dann sagten wir beide nichts mehr. Ich weiß nicht, warum er nichts mehr sagte. Ich sagte nichts, weil ich plötzlich das Gefühl hatte, mit einem wildfremden Menschen über sehr persönliche Angelegenheiten zu sprechen. Aber wir konnten ja schließlich nicht minutenlang schweigen. Ich sagte dem Mann, ich sei auf Reisen im Ausland und müsse mich beeilen, da ich eine Verabredung habe. Über das Feld hinweg sah ich, wie der beigefarbene Lada meines Fahrers auf die Dorfstraße einbog und vor dem Ortsschild stehenblieb. Er kam zu früh, aber das war mir nur recht. Und da das Findelkind immer noch schwieg, sagte ich, ich würde ihn nach meiner Rückkehr von zu Hause aus anrufen, um über alles noch einmal in Ruhe zu reden. Gleich morgen schon. Oder übermorgen. Auf jeden Fall recht bald.